Le trésor de la naïade

Éric Jugnot

Mythe de Cthulhu – 2

Loi n°49-956 du 16 juillet 1949 sur les publications destinées à la jeunesse, modifiée par la loi n°2011-525 du 17 mai 2011.

© 2025 Eric Jugnot
Édition : BoD · Books on Demand, 31 avenue Saint-Rémy, 57600 Forbach, bod@bod.fr
Impression : Libri Plureos GmbH, Friedensallee 273, 22763 Hamburg (Allemagne)
ISBN : 978-2-3225-6018-9
Dépôt légal : Janvier 2025

À Henri Vernes

&

Howard P. Lovecraft

« J'aime les gens qui savent mordre à pleines dents dans la chair, parfois amère, mais pourtant toujours savoureuse de l'inconnu. »   H. Vernes

« ... notre race humaine n'est qu'un incident trivial dans l'histoire de la création : l'humanité est peut-être une erreur, une excroissance anormale, une maladie du système de la Nature. » H.P. Lovecraft

Sommaire

Le serviteur du Tao 9
Krijg de klere ! 18
Le trio de la baffe… 29
Facciaccia ! 43
Un bon prix 55
Premiers résultats 68
Une nuit agitée 84
Constat 90
Un maudit coffret 97
Un premier pas… en arrière. 101
La coopérative du ~~chaos~~ Tao 127
Peinture ou carte ? 135
Le fin mot de l'histoire 150
Le parc naturel... et tout plein de trous 157
À la queue leu leu 169
Patience et longueur de temps 172
Le maître est de retour ! 184
Peut-être bien que oui… ? 189

N.D.A : Je tiens à signaler que si la plupart des événements ou détails relatifs à cette aventure, inventée de toutes pièces, sont géographiquement, géologiquement et historiquement vrais, j'ai modifié cependant certains noms de personnes que j'y incrimine.

Le serviteur du Tao

Depuis qu'il s'était volontairement exilé du clan Nabeshima, le plus puissant des clans qui dirigeait notamment toute l'île de Kyûchû, au sud du Japon [1], en devenant ainsi, – de samouraï qu'il était, c'est-à-dire un guerrier qui se bat au service d'un seigneur et qui respecte un code strict surtout, le bushido, qu'il vénère –, un vulgaire rônin, un mercenaire, un tueur à gages, depuis ces quinze dernières années, jamais Tchu Tao n'avait connu le déshonneur de la défaite. Au fil du temps, vif comme un serpent, plus rusé qu'un renard et plus impitoyable qu'une hyène, il était donc devenu une arme redoutable. Une arme vivante. Une arme si redoutable et puissante, la plus puissante et la plus crainte, disait-on de lui, que ses tarifs avaient suivi ; ils étaient devenus prohibitifs. En outre, plus d'un titre lui avait été attribué depuis lors par ceux qui l'employaient, le plus souvent sans son aval, vu que lui-même n'en employait qu'un seul. D'aucuns le surnommaient le maître des lames, d'autres le seigneur du chi – du nom de cette énergie supposée tout parcourir et dont la maîtrise rendrait possible des miracles – tandis que lui-même se faisait plus simplement connaître sous celui de serviteur ; plus précisément sous celui de serviteur du Tao, c'est-à-dire à la fois de lui-même et de la philosophie du même nom ; personne ne savait au juste la part de moquerie que cachait ce titre-

---

[1] Un clan connu aussi pour avoir contrôlé aussi la fabrication de céramiques de toute beauté qui porte son nom par ailleurs.

là puisque personne ne connaissait son véritable patronyme. Pourtant, cette fois-ci, force lui était de reconnaître qu'il avait eu chaud. Rarement, il avait dû affronter des adversaires aussi coriaces que ceux à qui il venait d'avoir affaire… et de vaincre finalement – in extremis – grâce à la chance par contre plutôt qu'à sa ruse, sa rapidité, son intelligence dans le maniement des armes ou la force de ses manchettes et de ses coups de pied.

En outre, c'était une femme qui lui avait donné le plus de difficultés et, tout empli aussi de cette morgue de machos propre à beaucoup d'hommes, jamais le serviteur du Tao n'aurait pensé que cette petite bonne femme de rien du tout, malgré tout un peu plus grande que lui de 8 cm, mais d'un même poids – lui qui ne mesurait que 1 m 62 pour 65 kg –, eût pu lui résister à ce point et presque le mettre K.O. Lui qui était un grand-maître des arts du combat, lui qui maîtrisait à la quasi perfection plus de cinquante types d'armes différentes, blanches ou non, lui qui était capable de demeurer plusieurs jours sans manger ni boire à l'affût de sa proie, lui qui possédait des nerfs d'acier que renforçait une détermination hors du commun, il avait effectivement failli se faire battre à plate couture – et donc ridiculiser à tout jamais à ses yeux – par une simple femme ; une Européenne et métisse en plus !

« Si cette pierre n'était pas tombée à point nommé sur le crâne de cette furie, s'avoua-t-il d'ailleurs sincèrement, elle m'aurait fait connaître le pire des déshonneurs qui fût, être vaincu par… par une bâtarde ! »

Puis, en se massant le menton endolori par les nombreux coups que lui avait abondamment prodigué sans retenue la belle métisse Fanny Van Avond, déjà maîtresse de Wing Chun en dépit de ce qu'elle n'avait que 27 ans à peine, bientôt 28, il songea encore :

« Bakayarô [2] ! Si j'avais su à quel point ces trois personnes que j'ai dû combattre dans cette grotte me donneraient du fil à retordre, j'aurais exigé une somme plus élevée à mes commanditaires… »

Enfin, c'était fini maintenant de toute manière. Et ce trio d'aventuriers du dimanche ne risquait plus de l'empêcher le moins du monde d'accomplir ce pour quoi il avait été mandé et payé déjà fort cher puisque le talent se paie au prix fort dans ce milieu-là. Ficelés comme ils l'étaient tous les trois à présent, solidement attachés à une grosse stalagmite, le serviteur pouvait donc inspecter tout à son aise le trésor qu'il était venu chercher.

— Aaaaa, gémit l'un de ses prisonniers, juste derrière lui.

Fanny, justement. Fanny dont le crâne commençait de la faire horriblement souffrir et qui avait les yeux tuméfiés ainsi que ses deux arcades sourcilières en train de pisser le sang ; puis trois de ses côtes – fracassées par le serviteur – la faisant atrocement souffrir en lui donnant de la peine à respirer.

— Houuuuu, gémit ensuite à son tour, presque pour lui répondre, Alex juste après.

Car Alex, Alexandre Beaumesnil de son vrai nom, un ancien militaire de carrière adepte de body-building, le

---

[2] Connard (en japonais).

rônin l'avait assommé pour sa part avec un gros gourdin. Un gourdin improvisé grâce aux nombreux morceaux de bois qui jonchaient le sol de cette grotte aussi froide qu'humide dans laquelle il avait fini par rejoindre le trio de chasseur de trésors qu'il venait de vaincre et qui l'avaient mené directement vers ce qu'il recherchait. Un trio constitué de Bob Lesage, d'Alexandre Beaumesnil et de Fanny Van Avond. Toutefois, ses commanditaires ne lui avaient rien dit à propos de ce trio-là. Aussi se contenterait-il, par respect pour de tels adversaires notamment, mais aussi parce que chaque vie devait lui rapporter, de les abandonner ici, tout simplement, à leur sort. Sachant qu'il n'avait pas serré les cordes de telle manière qu'ils mourussent ou perdissent un membre, ils leur seraient certainement possibles, forts et déterminés comme ils l'étaient, de se libérer dans plus ou moins longtemps et de ressortir de là… pas si perdants que cela étant donné que ses commanditaires ne lui avaient demandé de récupérer qu'une seule chose en ce lieu et qu'il laisserait donc derrière lui, pour eux, tout le reste.

De toute façon, Tchu Tao était pressé. Il avait un rendez-vous des plus importants qui l'attendait peut-être déjà à la sortie, en effet. Puis, en plus de cela, il lui eût été à peu près impossible d'emporter autre chose avec lui qu'un seul des livres que le trio avait retrouvés, car, pour parvenir dans ces grottes, il lui fallait de nouveau franchir un gouffre d'une trentaine de mètres, rempli d'eau froide. Et plus glaciale que d'habitude à cause des frimas de cette mi-saison automnale en Belgique. Or, il ne possédait pas un sac étanche suffisamment large et grand pour le remplir avec autre chose qu'un seul livre.

Délaissant le trio de vaincus, tous les trois en train de se remettre peu à peu de leur brutale rencontre avec cet homme si dangereux, cet assassin qui, à leur insu, les poursuivait depuis déjà un bon bout de temps, le serviteur tâcha alors d'ouvrir le grand coffre bardé de ferrures que le trio avait découvert peu auparavant ; grand coffre dans lequel le produit d'un larcin commis jadis se trouvait certainement. En deux temps, trois mouvements, s'aidant d'une tige de métal qu'il dénicha parmi les débris amenés là par la rivière qui y coulait d'habitude paisiblement – mais qui commençait de montrer les signes évidents d'une crue toute proche, car l'eau montait et le courant devenait de plus en plus fort –, le serviteur en fit sauter les vieilles serrures en grande partie déjà mangées par la rouille. Elles éclatèrent en morceaux dans un vilain bruit dont l'écho se mit à retentir tout autour d'eux. Soudainement devenu fébrile, vu qu'il savait à quel point le contenu de ce coffre-là – de ce coffre autrefois caché ici par on ne savait trop qui – avait de la valeur, Tchu Tao laissa tout d'abord fuser de sa poitrine un soupir puis, pour se maîtriser, il ferma les yeux un instant et se concentra sur sa respiration. Enfin, après avoir inspecté tout de même ce coffre ancien, afin d'être certain qu'il n'était pas piégé – ce qui n'était pas le cas –, d'un geste un peu sec et décidé, le rônin en rabattit le couvercle qui produisit un affreux grincement. Un affreux bruit de métal gémissant qui se répercuta dans toute la grotte. Puis, du puissant faisceau de sa lampe de poche, ravi, il put constater que onze paquets en tout s'y trouvaient toujours. Onze sacs autrefois étanches, mais presque en loque à présent, qui contenaient chacun un petit trésor à lui tout seul. Et, au bout de deux ou trois minutes durant lesquelles il avait précautionneusement déballé le premier de ces onze sacs, il en ressortit différents documents, dont le journal intime d'un célèbre journaliste belge du 19ᵉ siècle, mais qu'il jugea vite sans intérêt puis qu'il délaissa d'ailleurs avant de s'intéresser à un autre sac.

« La fortune est de mon côté ! » songea-t-il alors victorieux.

Puis il se releva en exultant et, marmonnant entre ses dents crispées à cause du froid de l'eau glaciale dans laquelle il avait dû plonger pour atteindre cet endroit, mais vêtu seulement d'une combinaison semi-étanche, soit pas du tout le genre de matériel qu'il faut pour plonger dans des eaux froides, satisfait de lui, il lâcha :

— Voilà, c'est fait !

En effet, bien plus rapidement qu'il ne l'avait craint, Tchu Tao avait déjà trouvé le satané bouquin que lui avaient demandé de ramener ceux pour qui il travaillait aujourd'hui. Il s'agissait d'un très vieux livre. Un in-folio d'environ deux cents pages environ, estima-t-il, dont la couverture noire, toute craquelée et sans aucun titre, ne proposait aucune autre fioriture qu'une très ancienne tache de sang qui y avait séché depuis des siècles. Là-dessus, dès qu'il le tint en main, un très court instant, un frisson lui parcourut l'échine.

« Pour ce petit livre-là, combien de gens sont-ils déjà morts, pensa-t-il soudain ? À commencer par son auteur qui, lorsqu'il fut devenu fou à cause de tout ce qu'il y avait révélé, dit-on, avait été écartelé en pleine rue par Dieu sait quoi. Puis tellement de gens qui ont tenté d'employer ses prétendues révélations et les soi-disant pouvoirs magiques qu'il permettrait d'acquérir… au prix de leur vie. »

Ensuite, Tchu Tao, qui s'était bien renseigné à son sujet, prit la peine de feuilleter le livre en question en regardant tout spécialement l'incipit puis le colophon [3]. Or, dès qu'il eût jeté un œil sur ces parties si révélatrices d'un livre imprimé, il prit conscience de l'incalculable valeur de cette version qu'il tenait entre les mains. Puisque l'incipit signalait qu'elle avait été réalisée directement à partir de l'original en arabe, soit la langue de son auteur. Aussi, de nouveau, un frisson le parcourut-il, mais dans tout son corps cette fois-ci.

« Combien d'autres personnes vont-elles mourir à cause de cette version-ci ? » se demanda-t-il en le refermant.

Car, le serviteur savait pertinemment que cette version de ce livre ancien et maudit qu'il était venu dénicher ici n'était pas la seule, en effet. Il en existait deux autres. Deux autres versions qui, d'après ce qu'il avait appris au cours de ses recherches, se trouvaient toutes les deux aux États-Unis, mais dont une seule, écrite en grec, paraissait fiable. Deux versions qui avaient pourtant déjà fait couler tout plein de sillons ou de ruisseaux de sang ; qui, à cause de cela d'ailleurs, étaient devenues tout à fait inaccessibles au public. Protégées qu'elles étaient depuis presque cent ans dans le coffre-fort que les épais murs de

---

[3] Soit les premières et dernières pages d'un imprimé dans lesquelles se trouvent, pour l'incipit, une introduction au sujet traité et, pour le colophon, la date d'impression, le lieu et le nom de l'imprimeur.

la bibliothèque d'une grande université du Massachusetts recelaient. Aussi cette version qu'il venait de sortir du sac de protection dans laquelle, presque deux cents ans plus tôt, un inconnu l'avait fourrée, cette version latine qui datait de l'année 1498 devait-elle valoir une fortune… colossale. Et pas seulement pour les sujets dont elle traitait et qui n'intéressait, en vérité, que quelques personnes affiliées généralement à des sectes aux cultes anciens, mais parce qu'il s'agissait aussi, et surtout, d'un incunable. Un livre qui avait été imprimé au tout début de l'imprimerie européenne donc [4]. Or, certains de ces livres, il le savait, peuvent être revendus pour plusieurs millions d'euros. En 2018, par exemple, pour un livre d'Heures de cette période, le prix avait atteint les quatre millions [5].

Par contre, si le serviteur comprenait la valeur financière d'un tel objet, lui qui était un athée convaincu, une personne qui avait rejeté son code sacré, le bushido, au nom de sa propre liberté, de l'argent et de son incommensurable orgueil, il ne comprenait pas du tout l'intérêt que pouvait avoir, pour ses commanditaires notamment – qui ne s'intéressaient absolument pas à son prix de revente, en effet –, mais aussi pour tous ces gens qui en étaient morts ou qui avaient tué parfois pour le posséder, toutes les âneries que l'on trouve dans de tels torchons, fussent-ils très anciens. Des livres remplis de recettes farfelues, de rituels aussi débiles que sanglants ou de formules aux

---

[4] Ce qui concerne tous les livres dont l'impression fut réalisée entre 1455 et 1501, voire jusqu'en 1525.
[5] Authentique, la valeur marchande d'un incunable peut donc être estimée depuis lors entre 100.000 et 4.290.000 euros, prix d'achat de ce livre d'heures qui datait de 1495.

vertus réputées magiques, mais à peine bonnes à faire sourire quelqu'un d'un peu sensé. Mais, tout de même, y compris pour cette version de ces âneries, plusieurs personnes étaient mortes déjà ; raison de ses frissons… Respectueusement, le tenant soudain à bout de bras pour mieux le jauger, le rônin, songeur, se dit d'ailleurs fort judicieusement à son propos :

« Lui aussi est une arme ! Une arme aussi redoutable que puissante ! »

Quoi qu'il en soit, parvenant à maîtriser ses émotions, son exaltation du moment par exemple, en parfait guerrier donc, il jeta un rapide coup d'œil derrière son dos, constata que ses prisonniers n'avaient pas encore tout à fait repris connaissance puis rangea sa trouvaille dans le sac étanche qu'il avait apporté. Car, pour ressortir de là-dessous, il était obligé de repasser par le gouffre qui l'y avait conduit ; de nouveau en plein dans l'eau glaciale de cette rivière wallonne souterraine qui avait creusé ces grottes jadis. Dégoûté en songeant déjà à la morsure du froid de ces eaux froides, il bougonna alors entre ses dents :

« Brrr, en plein automne, c'est pas une vie, ça ! »

Et, tandis que le trio commençait de se remettre de cette rencontre aussi brutale que peu souhaitée, qu'Alex le Français continuait de gémir et de râler, que Bob le Wallon voyait danser tout autour de lui les stalagmites et les stalagmites à cause du poison que lui avait fait inhaler le serviteur pour l'affaiblir, puis qu'un mince filet de sang se mettait à couler le long du merveilleux visage de la Flamande, Fanny Van Avond – un visage au demeurant parfait, en ovale, aux yeux d'émeraude comme des amandes et à la chevelure d'un noir de jais qu'embellissait encore sa bouche pulpeuse –, satisfait de lui à raison et sans même prendre la peine d'ouvrir les autres sacs qui se trouvaient dans le coffre, Tchu Tao s'apprêta donc à repartir. Constatant, de surcroît, avec un certain plaisir sadique, que les eaux montaient de plus en plus et que, bientôt, elles auraient certainement tout envahi ici-bas et tout noyé, il ricana en jetant un dernier coup d'œil à ses prisonniers. Ces eaux en crue ne feraient-elles pas disparaître toutes traces et toutes preuves de son forfait ? Y compris le saucisson humain à trois viandes qu'il avait bien ficelé à une stalagmite… pour autant que ces trois-là ne parviennent pas à se libérer à temps.

Enfin, il remit sa bouteille de plongée, son masque et ses palmes puis s'avança vers le gouffre, y plongea puis y disparut en un instant.

Krijg de klere !

Promptement, d'un geste presque désespéré, mais salutaire, Karel Van Orst, déménageur depuis plus de trente ans, se jeta sur sa gauche afin d'esquiver le lourd bahut de chêne qui était en train de basculer vers lui. Et, au moment même où le meuble qu'il était venu déménager s'affalait sur le sol juste à côté de lui, il s'écria :

— Hoerenzonn ! Wat een ezel ben ik ! [6]

---

[6] Fils de p… quel con je suis !

Vous ne le savez peut-être pas, mais un fort grand nombre de nos actions sont inconscientes, surtout celles que nous avons l'habitude d'accomplir. Tandis que nous répétons sans arrêt des gestes similaires, à force d'automatismes donc, notre attention diminue peu à peu et, en même temps qu'elle, s'amenuise jusqu'à presque s'endormir notre conscience du monde qui nous entoure ainsi que notre conscience de nous-mêmes. Situation de rêve pour les poètes et les imaginatifs du bulbe tels que les philosophes ou les artistes, qui aiment souvent se réfugier dans leurs rêveries au profit de la seule conscience-soi, mais automatisme, ô ! combien dangereux pour tout le reste du monde puisqu'il rend possible un grand nombre d'accidents à cause de nos habitudes de fonctionnement... et de quelques oublis malencontreux. En effet, pour que notre « conscience » reprenne du service juste à temps et nous sauve en nous faisant accomplir les bons gestes au bon moment, notre attention surtout a besoin d'être sollicitée, de se réveiller, de sortir de ses automatismes, de ses rêves ou de ses soucis. Or, c'est justement ce qui venait d'arriver à Karel Van Orst ce matin-là. Déménageur depuis plus de trente ans, il avait pourtant oublié de vérifier si le lourd meuble qu'il était venu chercher était arrimé correctement à son camion ; chose qu'il faisait pourtant à peu près toujours en d'autres temps. Mais les soucis qu'il connaissait depuis trois mois – des ennuis de santé qui risquaient de mettre fin prématurément à sa carrière et donc à ses rentrées financières – le plongeaient dans une telle incertitude quant à son avenir ainsi que celui de sa famille, une femme et trois enfants, que son anxiété grandissante seule était responsable de cet oubli qui aurait pu lui être fatal tout de même.

« Braaaam ! » fit bruyamment le meuble de chêne massif en venant s'effondrer aux pieds du déménageur limbourgeois.

Et, tout en évitant de justesse l'imposante masse de plus de deux cents kilos au moins que pesait ce vieux meuble au demeurant pas du tout pourri ou abîmé ni mangé par les vers, Karel de nouveau jura :

— Godferdek [7] !

Or, pour ce vieux meuble, il s'en rendit compte tout de suite, son assurance devrait probablement pas mal débourser, vu que sa chute l'avait brisé en morceaux. En tombant, il s'était fracassé en effet. Devenu blême de frayeur parce que, il s'en rendait bien compte, c'était certain, il l'avait échappé belle - un bahut comme celui-là, une garde-robe de 2 m de haut, 1 m 20 de large, 50 cm de profondeur, en chêne massif qui vous tombe dessus et c'est soit l'hôpital pour un bon bout de temps soit la mort, tout simplement – Karel se mit à trembler. S'approchant alors de lui, autant effrayée qu'emplie de sollicitude, Lieve Peeters, la dame qui l'avait engagé pour déménager cette armoire de sa ferme dans le Limbourg jusqu'Anvers, c'est-à-dire de chez elle jusque chez sa petite-nièce Fanny Van Avond, Lieve lui demanda alors de sa voix chevrotante, mais douce de vielle dame de 93 ans :

— Gaat het goed, meneer Van Orst [8] ?

---

[7] Nom de D… !
[8] Vous allez bien, Monsieur Van Orst ?

Question un peu stupide à laquelle le quarantenaire, en se relevant et en se frottant les mains sur sa salopette bleu foncé, répondit pourtant par un rassurant :

— Ja, ja ! Alles goed, mevrouw Peeters [9] !

Et l'histoire aurait pu s'arrêter là – l'assurance de Karel aurait remboursé le meuble par la suite – si, tandis qu'il ramassait de ses mains noueuses et puissantes de déménageur les planches du meuble en question – tout en se disant qu'il y aurait peut-être moyen de le restaurer sans trop de frais au lieu de le racheter purement et simplement à la vieille dame –, soudain, il aperçut quelque chose de fort inhabituel. Quelque chose qui était coincé à l'arrière de cette garde-robe dont la planche principale s'était fendue sur toute sa hauteur en s'espaçant de trois bons centimètres. Karel y jeta alors un coup d'œil un peu plus attentif puis, soudain, blêmit ; l'expression de son visage se transformant aussi du tout au tout. Lieve put d'ailleurs constater que, de fâché contre lui qu'il était quelques instants auparavant, Karel Van Orst s'était mis subitement à exprimer tout d'abord un très sincère étonnement qui avait rapidement fait place à une réelle joie. Mais une joie si puissante qu'il en demeurait béat et sans voix ou presque, vu qu'il trouva toutefois la force de bafouiller encore :

— Shit dan ! Maar, wat is dit [10] ?

Constatant qu'il avait découvert quelque chose, mais qu'il ne parvenait plus à articuler quoi que ce soit de plausible pour le moment tant était grande sa surprise, Lieve

---

[9] Oui, oui ! Tout (va) bien, madame Peeters !
[10] M... ! Mais qu'est-ce que c'est que ça ?

Peeters, à pas menu, s'approcha de lui afin de voir par elle-même de quoi il retournait ; ce qui avait pu créer, en cet homme pourtant fort rude, un tel cocktail d'émotions. Or, dès qu'elle vit et eût compris à son tour ce dont il retournait, tout comme Karel, elle jura alors :

— Krijg de klere [11] !

— Allo, Bob ? C'est moi, Fanny...

— Oui, je sais, j'ai reconnu ta jolie voix, lui répondit tout de suite son ami Bob Lesage.

— Flagorneur, va [12] !

Et Bob demeura sans voix parce que, il s'en rendit soudain compte, s'il avait trouvé tout naturel de lui dire cela à ce moment-là, jamais il ne l'avait fait auparavant. D'autant qu'il avait quelques sentiments pour cette magnifique Anversoise. Aussi s'empressa-t-il alors de bredouiller :

— Que... qu'y a-t-il pour... pour ton service ?

En pensant « ma toute belle », mais sans oser le lui dire cependant.

— Tu es chez toi à Rendeux ou dans tes ruines de Faulx-les-tombes ?

Alors Bob, qui savait que Fanny venait à peine de quitter sa ferme de Rendeux une semaine plus tôt seulement, un endroit charmant où elle était tombée en pâmoison

---

[11] Attrape le choléra !
[12] Flatteur.

devant ses deux superbes chevaux, l'un bai et l'autre noir, la nargua un peu :

— Chez moi à Rendeux, pourquoi ? Tu veux déjà revenir ? Byzance et Héloïse te manquent donc déjà ?

« Ma foi, toi aussi tu me manques, Bob ! » songea alors Fanny sans rien en dire du tout puisque, elle aussi, elle avait une certaine attirance pour lui. Mais, au lieu de cela, la belle métisse anversoise aux grands yeux verts en amande lui répondit seulement :

— Écoute, je ne voudrais pas trop causer au téléphone, mais ma grand-tante a fait une étonnante découverte cette semaine et m'a priée de te contacter afin de te demander un service… qu'elle rétribuera si jamais.

Mais, en entendant ces mots, Bob, qui connaissait la grand-tante de Fanny, Lieve Peeters, fut un peu offusqué par cette dernière idée.

— Euh, ce n'est pas vraiment un problème entre nous, ça ! lui lâcha-t-il d'un ton des plus formels.

Puis, en plaisantant, il ajouta d'un ton plus léger :

— En tout cas, à moins qu'elle n'exigeât que je repeigne ses affreuses façades en jaune canari, je n'ai rien à lui refuser…

— Et, je peux venir chez toi, maintenant ? l'interrogea encore Fanny.

— Ma porte t'est toujours ouverte Fanny. À moins que tu ne préfères la pelouse… si tu viens en parachute ou en montgolfière, voire en hélico ?

L'Anversoise ne releva pas cette plaisanterie de la part du Namurois, car ils auraient très bien pu être vrais, en fait. Il lui arrivait en effet, fréquemment, de sauter en parachute, de faire de la montgolfière ou de piloter un hélicoptère ou un planeur. Et elle pratiquait, de plus, tout plein d'autres sports, parfois des plus dangereux. Mais, ce jour-là, elle n'avait pas le cœur à cela et devait de toute manière protéger le petit trésor qu'avait découvert Karel Van Orst en faisant tomber malencontreusement la garde-robe de sa grand-tante Lieve ; une garde-robe dont elle rêvait depuis qu'elle était enfant, soit dit en passant. Sans rien ajouter sinon un vague à tout à l'heure, avant même qu'il ne lui demande quelques explications, elle raccrocha donc au nez de Bob.

« Étrange comportement », pensa d'ailleurs son ami wallon, ébéniste et restaurateur par goût du bois plutôt que par nécessité.

Étrange en effet, vu que, d'ordinaire, cette petite journaliste, romancière et grande voyageuse qu'était Fanny Van Avond était plutôt bavarde avec lui... qui la connaissait depuis dix ans et l'avait sauvée, jadis, en compagnie de son ami Alexandre Beaumesnil, des griffes de la maffia de Macao. Ce qui avait eu pour résultat que, depuis lors, ils formaient un trio d'aventuriers et de chasseurs de trésors dont les liens étaient à la fois des plus amitieux, des plus sincères et aussi solides que l'acier belge d'autrefois...

Moins d'une heure et demie plus tard et Fanny, qui avait pris sa Z3 et l'avait poussée plein gaz, débarquait chez Bob... presque en transe. D'ailleurs, avant même de le saluer, de sa jolie main fine et gracieuse, mais plus dure que du granit par contre, en lui tendant une éprouvette de verre fumé fermée par un bouchon scellé par un cachet de cire tout craquelé, d'un ton comminatoire [13] qui était dans sa bouche suave des plus inhabituels avec Bob, elle avait bégayé :

— Il... il faut... faut que... que tu regardes à... à cela tout de suite !

Intrigué, son ami la salua puis la pria de rentrer tout d'abord, ce qui la fit rougir parce qu'elle se rendit compte de son comportement pour le moins juvénile, puis lui proposa de boire un bon verre d'eau, un thé aux perles de jasmin ou un simple café bien serré avant de lui raconter toute l'affaire. Parce que, ma foi, une éprouvette n'était pas en soi une bien grande découverte. En tout cas, rien qui vaut la peine de se mettre dans un pareil état, se disait-il à ce moment-là. Mais, entre deux gorgées, Fanny, émue, bégaya encore :

— Tu... tu vas comprendre dans un instant... je... je reviens dans deux secondes.

Là-dessus, elle se leva d'un bond, un bond de gazelle, et sortit de la maison – une vielle ferme de style ardennais, carrée, en pierre bleue, avec deux jolies tours de garde toutes recouvertes de plantes grimpantes protégeant une ancienne porte d'entrée en arc de cercle, le tout autour d'une cour toute pleine de fleurs et d'une jolie fontaine –, puis au bout de deux minutes à peine, après avoir sorti de son coffre un très grand porte-documents en plastique, la

---

[13] Destiné à intimider

métisse revint vers Bob qui l'attendait impatiemment. Enfin, en même temps qu'elle sortait de ce porte-documents un rectangle de bois de 60 cm sur 40 environ puis qu'elle le lui tendit en tremblant un peu, remarqua Bob, elle lui balança :

— Tiens, admire cela !

Or, il se fait que son ami Bob Lesage était non seulement un grand amateur de cette matière-là justement, le bois – il y en avait partout chez lui, le tout fort bien ordonné, vu qu'il était des plus méticuleux –, mais aussi, et surtout, un très fameux restaurateur ; raison évidente pour laquelle Lieve Peeters avait dû faire appel à lui, se dit-il en jetant un bref coup d'œil à ce vieux panneau de bois – qui exposait les traces fort abîmées d'une peinture ancienne – que venait de lui tendre la Flamande. Il sortit alors des lunettes de lecture, ce qui fit sourire Fanny qui ne savait pas qu'il devait déjà en porter, puis se pencha plus attentivement sur cette peinture sur bois tandis que, de l'index, Fanny pointait le coin inférieur droit du tableau qui en exposait la signature. Une signature ou, en tout cas, un début de signature… des plus prometteurs. Ce après quoi, Bob, en se redressant soudain et en lui jetant un regard des plus étonnés – étonné par sa naïveté, en fait –, se permit alors de la rappeler à la raison :

— Allons, allons ! fit-il. Tu devrais savoir que tout ce qui brille n'est pas de l'or…

— Certes, mais tout de même, ce n'est pas rien ! renchérit Fanny en secouant la tête.

Un geste fort sensuel qui fit voleter dans tous les sens ses beaux et longs cheveux noirs ondulés.

— Je crains que tu ou que vous ne vous exaltiez un peu vite, tenta de nouveau, sagement, de la rappeler à la réalité le restaurateur en Bob.

Car, ce que lui avait tendu la belle Fanny, à savoir un tableau qui avait été recouvert d'encre noire jadis, mais dont une partie avait été effacée sans doute lors de la chute du meuble en révélant ainsi ce qu'elle masquait, laissait apparaître à présent le début d'un nom parmi les plus célèbres : Rembr...

Karel Van Orst avait-il mis à jour, sans le faire exprès, un véritable Rembrandt ? C'était possible, évidemment, n'avait-on pas déjà retrouvé un Van Gogh dans un poulailler autrefois, mais des plus improbables toutefois ; raison de la quiétude plus raisonnée du Namurois tandis que l'Anversoise rêvait sans doute un peu pour sa part. Mais peut-on l'en blâmer ? Qui ne souhaiterait pas de trouver un tableau de ce si important peintre flamand du 17e siècle ? Ce peintre dont certaines œuvres, sur les quelque quatre cents peintures qu'on lui connaît, valent des millions de nos jours ? La suite lui apprendrait d'ailleurs que son ami avait bien raison de demeurer des plus sceptiques et de ne pas s'emballer trop vite. Retrouver un Van Gogh dans un poulailler ou un Rembrandt dans un vieux meuble ne tenait-il pas plutôt du mythe, du rêve ou du miracle que d'autre chose ?

Après un premier délicat nettoyage, Bob mit effectivement à jour le nom complet du peintre : « Rembrouillet »... cruelle déception !

Agacée de s'être laissée entraîner par des songes creux, Fanny s'emporta alors :

— Mais qui c'est ça, Rembrouillet ?

— Aucune idée… un peintre sans doute, osa plaisanter son ami.

Mais il constata tout de suite qu'il aurait mieux fait de se taire sur ce coup-là. Fanny n'était plus du tout d'humeur à plaisanter en effet. Celle-ci, se retournant brusquement, le fixa d'ailleurs droit dans les yeux, le visage soudain renfrogné et les yeux mi-clos, dodelinant de la tête à la manière des cobras lorsqu'ils s'apprêtent à attaquer leur proie. Ce qui glaça le sang de Bob, évidemment. Bob qui, de ses beaux yeux marron pailletés d'or, lui fit alors un clin d'œil de connivence en songeant cependant :

« Comme elle peut avoir l'air d'une furie parfois… »

Ensuite, sans qu'ils n'aient rien à ajouter ni l'un ni l'autre, ni excuses, ni tsoin-tsoin du genre : « pardonne-moi, je ne le ferai plus » ils se mirent à éclater de rire en même temps puis se prirent dans les bras en se faisant un amical câlin. Un câlin à l'agréable tendresse partagée qui aurait pu durer et durer certainement toute la journée ainsi que la nuit peut-être, mais qui fut brusquement interrompu par la sonnerie retentissante du téléphone. Or, tous les deux en même temps, eux qui n'étaient pas encore des tourtereaux et ne les seraient peut-être jamais, ils pensèrent tout de suite la même chose.

« Ça, c'est l'Alex ! »

Le trio de la baffe…

Effectivement, ce coup de fil impromptu qui avait dérangé leur amical câlin était bel et bien celui de leur ami français, Alex ; fraîchement rentré à Rouen de Belgique, lui aussi, mais qui s'y ennuyait déjà à mourir. Alex, ancien militaire, baroudeur chevronné, collectionneur d'objets rares liés à la sorcellerie, à la magie ainsi qu'au vaudou, connaissait Bob Lesage depuis leur adolescence, soit presque 20 ans – vu qu'il en avait 32 et Bob 30 –, et Fanny, de cinq ans sa cadette, depuis 10 ans environ. Mais, depuis qu'il avait quitté l'armée et qu'il avait accepté la place de conservateur aux Archives de la Ville de Rouen, une place plus honorifique qu'autre chose qui consistait surtout à serrer des mains et à se présenter à des banquets, il s'ennuyait comme un rat mort dans sa pourtant forte charmante cité normande. Car c'était une place qu'il avait reçue de la part des notables de la cité en échange de l'accès à ses collections placées gratuitement dans deux vastes salles publiques de la cité où Jeanne d'Arc avait fini ses jours sur le bûcher. Aussi, dès qu'il mettait les pieds dans sa ville, hormis ses passages à la salle de body-building et quelques rendez-vous galants, s'y ennuyait-il fermement en cherchant sans cesse à repartir pour l'aventure, fût-ce en Belgique. Dès qu'il le pouvait, ce Corso-Normand, Corse par son père et Normand par sa mère, s'arrangeait d'ailleurs pour déposer des congés à durée plus ou moins illimitée – depuis le début de sa carrière, il reversait de toute manière tout son salaire à des œuvres caritatives de la cité – afin de repartir « faire des affaires » ; c'est-à-dire chasser un ou des trésors, mais exclusivement en compagnie de ses deux plus fidèles amis, Belges tous les deux, mais Wallon et Flamande, les susnommés Bob et Fanny.

En se décollant alors de Fanny, dont les magnifiques seins en forme de pêche, lorsqu'il en avait senti durcir légèrement les tétons, lui avaient réveillé les sens, Bob replaça ses cheveux mi-longs devant ses oreilles qui n'avaient pas de lobes, ce qui le gênait terriblement, puis lui demanda :

— On lui propose de nous rejoindre ?

Fanny, en haussant ses épaules de statue grecque, à la fois musclées et souples, fit tout d'abord une grimace un peu trop appuyée pour qu'elle fût tout à fait sincère puis lui répondît :

— Ma foi, pourquoi pas ! Plus on est de fous…

Dès qu'il sortit de sa voiture pourvu d'un si large sourire qu'il aurait pu donner du bonheur à la Terre entière, en s'adressant à ses deux amis qui l'attendaient dans la cour intérieure de la ferme réaménagée de Bob, le Français, de sa voix de stentor leur jeta un ronflant :

— Eh alors, mes petits faquins [14] ! Sur qui la baffe va-t-elle donc tomber cette fois-ci !

---

[14] Crapules magouilleuses.

Mais la surprise des deux autres ne fut pas de l'entendre ainsi nommer leur trio, à cause des initiales de leurs prénoms respectifs – la B.A.F. –, non, ce qui les surprit fut plutôt de voir descendre Alex de son Audi 100 en short rouge et en T-shirt bleu à manches courtes. Ce qui était assez rare chez lui à cause des cicatrices qu'il avait aux bras et aux jambes d'une part et, d'autre part, puis surtout, parce que l'on était au mois de novembre… en automne donc.

Hormis un goût immodéré pour le calvados – un goût sans bornes parfois –, Alex, en réalité, avait plutôt tout du Corse de par son père que de sa Normandie maternelle. Il avait par exemple des cheveux noir de jais, en brosse, qui n'égayaient guère son faciès. Un visage sévère et dur dans lequel de beaux yeux vairons lui donnaient en outre un regard si pénétrant qu'il en gênait plus d'une ou d'un s'il venait à vous fixer trop intensivement. Une face sévère et dure qu'un nez heureusement plutôt assez bien proportionné pour quelqu'un qui y avait reçu autant de coups que lui apaisait un peu. Qui plus est, dès qu'il s'énervait, mis à part lorsqu'il faisait attention parce que son ami Bob était présent et employait pour sa part un tout autre langage vernaculaire que lui et qu'à peu près tout le monde, dès qu'il s'énervait, Alex se mettait à jurer en patois corse plutôt qu'en français. De 7 cm plus petits que Bob, qui mesurait 1m80, de 10 kg plus lourds cependant, mais fait de muscles noueux plutôt que de graisses ou de bide, plus trapu que Bob donc à la suite de la pratique répétée du body-building, Alex possédait une puissante voix rauque ; une voix de stentor toujours remplie de tout plein d'ironie ou d'humour ainsi que de jurons des plus fleuris de temps en temps.

Dès qu'ils se furent fait la bise, deux seulement pour un Normand, Bob les pria de l'accompagner à l'intérieur et au chaud. Ce faisant, il le nargua :

— Et c'est quoi, m'fi, cette tenue estivale en plein automne !?

— Ça, c'est cette saloperie de bagnole allemande ! s'énerva soudain le Corse en Alex. Le chauffage coincé à fond à cause d'une saloperie de pièce électronique chinoise probablement...

Puis, dès après qu'Alex eût été présenter ses hommages à Georges, le majordome, à Éric, l'homme à tout faire, occupé à tailler les haies, ainsi que, et surtout, à la joliment potelée à son goût Amandine, la chambrière, ils se dirigèrent jusque l'atelier de travail de Bob. C'était une très grande pièce rectangulaire dans laquelle se trouvait tout le matériel du parfait restaurateur, du scanner aux pinceaux en passant par des brosses de toutes tailles et duretés, des étagères remplies de produits chimiques, des tables, des ventilateurs, une pièce de séchage, une chambre à rayons X, etc. Et, dès qu'ils eurent refermé la porte, Bob s'empressa de leur choisir une tenue plus appropriée dans son antre, au moins un tablier, un masque et des gants. Tablier, masque et gants qu'il enfila en même temps qu'eux avant de les inviter à le suivre jusqu'à sa table de travail sur laquelle les attendaient deux choses.

— Contemple donc les petites merveilles que Fanny a apportées tantôt ! déclara-t-il à leur ami français en lui désignant ces deux choses en question.

Mais Alex, qui ne comprenait pas le petit belgicisme qu'avait employé Bob, fronça les sourcils.

— Euh, tout à l'heure, lui traduisit alors immédiatement le Namurois qui en avait compris la raison.

Or, sur sa table de travail, se trouvait posé le tableau en grande partie déjà nettoyé. Mais Bob avait aussi sorti depuis lors, puis déplié précautionneusement, le parchemin qui était contenu dans l'éprouvette en verre fumé. Selon toute vraisemblance, il s'agissait d'un message codé. Et, sachant à quel point Alex était friand et doué dans ce genre de jeux d'esprit, ils avaient tout de suite su qu'il serait tout d'abord attiré par ce message-là plutôt que par la peinture. Immédiatement d'ailleurs, ce furent en effet ces gribouillages-là – un chiffre ou un cryptage au lieu d'un code, leur apprendrait-il plus tard –, qui attirèrent l'attention du Français. Le Français qui, demeurant perplexe toutefois, en se retournant vers Bob et Fanny qui guettaient sa réaction, leur demanda seulement :

— Et ?

Toutefois, au lieu de lui dire quoi que ce soit, ses deux amis belges se mirent subitement à rire à tue-tête puis, sans s'arrêter de rire, Bob s'adressa à Fanny.

— Tu... tu me... tu me dois cinquante euros ! hoqueta-t-il.

— Eh, les deux baleines ! intervint alors Alex en prenant l'air le plus réprobateur possible, on m'explique ce qu'il se passe.

— J'ai parié avec Fanny que ce serait ta première réaction, lui expliqua alors Bob, débonnaire.

Ce après quoi, bien qu'il rougisse un peu puisqu'il se doutait de ce qu'elle allait lui révéler, Alex fit mine de rien. Mais ce fut Bob qui lui révéla :

— Tu t'es perdu toi-même, moqua-t-il gentiment son ami. Tu as eu ce petit mot de trop et… et cet air surtout qui l'accompagne. Un air qui ne trompe pas. L'air de celui qui a flairé la bonne affaire et qui souhaite de ne pas le laisser paraître. Espèce de coquefredouille [15] !

Tout en continuant de rougir un peu d'avoir été ainsi démasqué, Alex n'ajouta rien lui-même et se pencha de nouveau sur le document qui, effectivement, avait piqué au vif son attention de briseur de chiffres. Il s'agissait d'une suite de nombres dont certains, tellement il était habitué à exercer son esprit à ce genre de jeux depuis des années, lui avaient presque sauté aux yeux d'ailleurs. Ensuite, sans se rendre compte qu'il continuait de faire celui que cela n'intéresse pas alors que toutes les micro-expressions de son corps disaient tout l'inverse, il jeta un œil un peu distrait à la peinture qu'avait déposée Bob à côté du texte un peu jauni en dépit du fait qu'il avait été fort bien protégé dans son éprouvette en verre fumé. Finalement, entre ses dents et en lançant le menton en avant, qu'il avait glabre et fissuré par une large fossette tandis que

---

[15] Pauvre diable, couillon… ou con.

Bob arborait une fière barbe que coiffait une fine moustache, il maugréa :

— C'est quoi ?

— Godferdek ! jura Fanny, ce qui n'était pas habituel dans sa bouche. Zot [16] ! Une peinture, cela se voit, non ? Et 50 € pour moi ! se marra-t-elle encore une fois en tournant légèrement la tête de nouveau en direction de Bob. Nous sommes à égalité.

— Bon ! Arrêtez, là, maintenant ! les somma leur pote Corso-Normand d'un ton un peu plus comminatoire que précédemment. Les plus courtes sont les meilleures ! Je vois bien qu'il s'agit d'une peinture. Mais pouvez-vous me dire de qui ou ce qu'elle représente pour vous et, tant qu'à faire, comment vous l'avez dénichée ? Bob m'a parlé d'une vieille armoire de chêne brisée au téléphone puis d'un… d'un Rembrandt ! Mais, là, franchement, dans le genre Rembrandt, on a fait mieux quand même, non ?

En effet, la peinture à l'huile qu'avait permis de révéler un léger nettoyage, en plus de la signature tout à fait visible à présent, laissait entrevoir certains personnages dans un décor champêtre. Or, Alex, finaud en dépit de son air de rustaud, en y regardant mieux, avait remarqué que Bob avait surtout été obligé de nettoyer la fin du nom qui était inscrit en bas et à gauche du tableau. Aussi, en levant un peu les sourcils et en plissant les lèvres d'amusement, s'exclama-t-il :

— Ah, Je vois. Je crois que je commence tout doucement à comprendre ! Quand vous avez découvert ce

---

[16] Imbécile !

tableau, vous avez cru découvrir un chef-d'œuvre, non ? Un chef-d'œuvre d'un grand-maître…

Un peu honteuse encore, Fanny baissa alors la tête tandis que Bob regardait Alex, perspicace, lui déballer l'histoire qu'il souhaitait, cinq minutes avant, de lui expliquer lui-même. Cela confirmait une chose qu'il savait de longue date, à savoir que son ami était l'un de ces rares hommes qui voient aisément derrière n'importe quels voiles ; et cela le réjouit intérieurement. Devant leur silence respectif et leur mine, Alex comprit d'ailleurs immédiatement qu'il avait vu juste. Satisfait, et toujours aussi judicieusement, il continua donc sur sa lancée :

— Ensuite, dès que vous avez découvert ce nom aussi inconnu que… que Belge, ironisa-t-il sur ce terme comme le font beaucoup de Français lorsqu'ils souhaitent de déprécier leurs voisins du Nord, vous avez été déçu et vous vous êtes imaginés, le diable sait pourquoi, que ce bout de papier recelait un message important. Un message important qui expliquerait quelque chose d'essentiel à propos de cette œuvre aux qualités artistiques, disons, euh, pour le moins fort discutables. Bref, vous avez continué d'y croire et vous vous êtes dit : et si on demandait à l'Alex de venir travailler là-dessus… bande de fielleux [17] !

Entendant ce joli mot désuet dans la bouche de son ami, Bob lui sourit tout d'abord.

— C'est… c'est un peu ça, en effet, convint-il ensuite d'un ton presque archipatelin [18]. Mis à part que, d'une part,

---

[17] Qui est porté à la malveillance, sournois.
[18] Un ton empli de flagorneries ou de flatteries afin de parvenir à ses fins.

ce n'est pas nous qui avons trouvé ce tableau-là, mais Lieve, la grand-tante de Fanny. En même temps qu'une éprouvette en verre fumé qui protégeait ce message que nous avons extirpé de sa gangue protectrice en t'attendant. Puis que, d'autre part, c'est toi qui nous as interrompus en téléphonant… et non l'inverse ! Quant à ce que représente exactement le tableau, continua-t-il, à mon humble avis, il s'agit d'une scène allégorique. Une scène que deux personnages seulement semblent occuper. Je suppose une naïade, ici à gauche, lui montra Bob de l'index, ainsi qu'un homme allongé, là, au centre. On voit aussi déjà apparaître une rivière qui traverse le tableau de droite à gauche, soit quelque chose d'assez traditionnel avec ces nymphes des eaux tout droit sorties de la Grèce antique. Mais je n'ai fait que commencer à le nettoyer. Or, tu n'es pas sans savoir que travailler une peinture sur bois demande beaucoup de temps. Le bois est vivant et ne se maltraite pas…

Œillade discrète entre Alex et Fanny en entendant le credo de leur ami collectionneur fou, victime d'une xylophilie [19] qui le rendait quasi… quasi xylophage [20] !

— Bon ! Je suppose qu'en attendant que vous vous atteliez à cette tâche-là, euh, plutôt chiante pour moi, je peux donc me pencher sur ce délicieux chiffre, non ?

Quoi disant, tout en prenant le tableau afin de l'amener sur une table de travail plus adéquate tandis qu'Alex se dirigeait vers le puissant ordinateur qu'avait acquis son

---

[19] Amour exagéré du bois.
[20] Qui mange du bois (mais en vérité plutôt des bactéries qui se trouvent dans le bois)

ami Bob pour affiner ses restaurations ou pour accomplir plus aisément ses recherches, ce fut Fanny qui le nargua cette fois-ci en lui jetant :

— Ton aide si généreusement proposée sera la bienvenue...

13-41-55-38-43-12-27-54-102-37-94-102-23-69-31-101-95-21-62-83-36-86-93-1498-103-42-22-46-28-83-21-11-23-49-95-38-72-34-38-47-13-28-43-93-1453-31-45-12-38-84-44-52-93-13-101-38-21-0-84-93-86-44-77-13-41-95-38-12-87-46-21-44-101-55-28-78-87-1497- 48-78-83-68-38-78-93-46-94-95-41-83-21-23-61-91-101-44-0-36-55-38-54-87-1475-93-68-33-83-61-13-24-62-34-22-61-102-74-44-21-95-78-93-1499-91-103-95-21-62-83-86-102-101-69-33-23-31-62-44-68-78-32-78-93-1500-13-101-62-23-22-68-92-11-24-103-13-94-95-23-33-61-74-48-101-32-86-0-73-54-93-1487-31-44-101-0-23-102-101-44-0-78-79-38-43-0-23-31-69-64-72-74-101-87-1501-83-43-0-103-78-93-51-83-101-22-94-95-23-87-83-24-0-73-95-31-1468-38-92-87-38-101-102-84-95-38-78-102-87-101-44-94-102-49-95-21-93-85-31-78-44-54-87-1499

Pendant qu'Alex se penchait sur ce document chiffré qu'il s'apprêtait à scanner afin de le briser grâce à toutes sortes d'applications informatiques qu'il allait installer illico – en même temps que grâce à ses cellules grises –, de leur côté, Fanny et Bob se remirent à leur aussi patient que méticuleux travail de bénédictin. Un travail des plus délicats pour lequel Fanny, par ailleurs, étant une néophyte, se contenterait surtout d'appliquer les directives de Bob. Ils avaient déjà passé cette œuvre au scanner et aux rayons X, bien sûr, puis commencé de la nettoyer avec des brosses et des pinceaux très doux. En outre, vu qu'il avait l'habitude de ce genre de restauration, dès qu'elle lui avait tendu ce qu'il n'avait pris que pour des planches noircies au départ, Bob avait tout de suite remarqué que ce support, du chêne assez semblable à celui de l'armoire, lui avait confié Fanny, était non seulement demeuré en excellent état, mais avait été aussi bien traité dès le départ par ce Rembrouillet ; un peintre du dimanche qu'aucun d'entre eux ne connaissait ni d'Ève ni d'Adam par contre.

— S'il te plaît, peux-tu me passer le flacon qui se trouve juste devant toi ? demanda Bob à son assistante improvisée.

De son index fin et un peu long, en lui montrant un petit bidon blanc en plastique du menton, elle fit :

— Celui-ci ?

— Non, pardon ! s'excusa son ami francophone. Un flacon, c'est toujours en verre. Celui-là plutôt, juste à la droite du blanc, en verre fumé.

Sans ni rougir de s'être trompée ni en vouloir à Bob de le lui avoir fait remarquer, en vraie amie et en vraie amoureuse du savoir, la néerlandophone de naissance, heureuse d'ajouter ce mot que l'on emploie plus beaucoup à son lexique déjà pourtant fort vaste en français, lui tendit alors ce « flacon » de sa si jolie main fine qui paraissait presque frêle ; qui paraissait seulement vu que Fanny Van Avond, entre autres choses, pratiquait toutes sortes de sports depuis son enfance, dont le Wing Chun qu'elle maîtrisait déjà presque parfaitement. Aussi ses mains n'avaient-elles que l'aspect de la fragilité, Bob le savait, mais elles avaient néanmoins conservé à la fois leur finesse et leur douceur, ce qu'il savait aussi. Et, tout en lui tendant ce flacon rempli de liquide, la belle métisse l'interrogea :

— Qu'est-ce que c'est ?

Ce faisant, Bob ne put s'empêcher de trouver charmante l'expression qu'avait son visage lorsqu'elle posait une question sincère. De petits mouvements, des micro-expressions, réalisés ensemble qui consistaient à plisser les yeux, à froncer un peu les sourcils tout en ayant les narines qui se resserrent un peu ainsi que la bouche ; cette bouche si suave dont les lèvres agréables semblaient être deux belles dunes légèrement violacées sur une plage de sable bai, mi-brun, mi-rouge. Mais ce n'était pas le moment, pour Bob, de se laisser entraîner par de tels songes d'adolescents. Car ils avaient fort à faire, en effet. Aussi, à la place de rêver de bivouaquer sur cette si agréable plage qui lui était presque offerte, tellement Fanny pouvait se placer à proximité de vous pour vous parler, ou de s'imaginer croquer ses jolis fruits de la passion, car il adorait les pêches pour sa part et que Fanny commençait de s'en douter, aussi lui rétorqua-t-il un peu sèchement :

— Tu veux la formule chimique ou juste le nom générique ?

Puis, d'un ton un peu moins rugueux, mais pas moins sobre pour autant, il ajouta juste après :

— C'est du carboxyméthylcellulose de sodium, du sorbitol, des chlorures de potassium, de sodium, de magnésium et de calcium mélangé à du monohydroxyphosphate de potassium…

Un nom à dormir debout qui fit bien se marrer la Flamande.

— La belle affaire ! lui dit-elle. On dirait presque l'une de tes insultes démodées. Mais encore ?

Et Bob lui confia alors une explication des plus surprenantes.

— C'est tout simplement de la salive synthétique [21]. Un vieux truc de restaurateur, lui avoua-t-il presque un peu gêné.

Ensuite, il se mit à nettoyer un centimètre carré après l'autre cette plaque de chêne grâce à des Cotons-Tiges imbibés de cette salive. Car, jusqu'à présent, il n'avait employé qu'un brossage fort doux ; raison pour laquelle l'on ne distinguait encore que vaguement la naïade ainsi que l'homme vers lequel elle se penchait avec, en fond, une rivière coulant dans un bois. Or, comme vous pouvez vous l'imaginer, avec des Cotons-Tiges, cela prend du temps. Beaucoup. Mais qu'importe ! Étant donné que Fanny avait contacté sa grand-tante afin de lui signaler qu'il ne

---

[21] Authentique

s'agissait pas d'un Rembrandt puis que Lieve lui avait fait don des deux trouvailles en justifiant ce cadeau, sans grande valeur à ses yeux, par le fait qu'elle lui avait donné ce meuble et tout ce qui s'y trouvait en même temps, ils n'étaient pressés par aucun délai. En outre, Fanny en avait profité pour interroger sa grand-tante sur la provenance de ce meuble qu'elle avait toujours connu chez elle. Mais Lieve ne se souvenait que de fort peu de choses à ce sujet, car l'acquisition de cette armoire, une armoire qui avait été jadis remplie d'étagères et que son père avait employée tout d'abord pour placer ses pots de peinture ainsi que d'autres liquides dangereux pour ses cinq enfants, remontait à sa petite enfance. Mais, avant de raccrocher, Lieve s'était souvenue d'un petit détail. Son père était rentré avec ce meuble-là dans sa charrette de retour d'un séjour en Wallonie où il l'avait racheté à la veuve de l'un de ses amis décédés peu de temps auparavant. Ensuite, dès que ses enfants avaient été en âge de ne plus tripoter des produits dangereux ou ses pots de peinture, il avait fini par les placer ailleurs puis par dégager les étagères afin de faire de ce meuble une garde-robe pour sa femme. Mais, au décès de celle-ci, décès qui succéda de quelques mois seulement à celui de son mari, le père de Lieve donc, l'armoire avait été remisée puis oubliée dans le grenier jusqu'au jour où la petite Fanny l'avait découverte tout émerveillée.

Dès lors, comme ils avaient le temps, les deux Belges se firent-ils des plus patients tandis que le Français, toujours penché sur son clavier qu'il maîtrisait parfaitement en dépit de ses pognes aussi larges chacune que la roue d'une brouette ou de ses gros doigts tout musclés, grommelait quelques jurons un peu salaces dans leur dos. Chose qu'il faisait souvent lorsqu'il était aux prises avec une énigme qui lui résistait, soit devant l'un des nombreux échecs que l'on subit si l'on tente de briser un message crypté et que l'on voit son hypothèse s'effondrer lamentablement...

Facciaccia !

— O manghja merda ! marmonna Alex dans le dos de ses deux amis qui ne s'offusquait cependant plus du tout de ce langage des plus grossiers.

Un langage vernaculaire qui les faisait même plutôt bien rigoler depuis belle lurette. Un « manghja merda » immédiatement suivit d'un plus tonitruant encore :

— Soffiami in culu !

Puis d'un presque rageux :

— Facciaccia [22] !

Et il aurait pu en balancer tout plein d'autres du même genre l'Alex ! Tels que : muzza secca ! Baullò ! Va à fatti leghje ! etc., ce dont il avait l'habitude et ce à quoi étaient habitué aussi ses deux amis. Cependant, dès après que Bob eût échangé un regard complice avec Fanny puis que, d'un geste du menton, il eut désigné la jeune fille et d'un autre Alex lui-même – lui signalant de la sorte, sans rien

---

[22] O, mange-m... ; souffle-moi dans le c... ; et face de c...

dire, ce qu'il attendait d'elle –, l'Anversoise, en souriant de malice, jeta alors à leur ami :

— Tu ne veux pas dire plutôt : scrogneugneu ! Sapristi ! Palsambleu et jarnicoton… voire…

Or, dès qu'il eût entendu cela, Alex se retourna soudain avec les yeux un peu rougis par une colère à peine feinte. Une colère toute corse « qui lance des couteaux » puisque, lorsqu'il s'énervait ou se fâchait, c'étaient plutôt ces racines-là qui refaisaient surface dans ses attitudes ou ses insultes. Mais, constatant les faces hilares de ses deux amis, dédaigneux et se rebiffant, il se contenta de continuer la tirade interrompue de Fanny :

— Que le grand Cric me croque ou bran [23], puterelle de bordau [24] !

— Exactement ! le félicitèrent alors en chœur le Wallon et la Flamande.

Puis Bob, un peu plus sérieux, le questionna :

— C'qui s'passe, mon lieutenant ? Tu pédales dans la choucroute ?

Ce après quoi Alex, qui n'appréciait vraiment pas ce plat alsacien au demeurant si excellent pour la santé, grogna :

— Beurk ! Pas dans cette saloperie de chou, non ! Plutôt un petit dérapage sur des moules fraîches ou des huîtres… et des frites, bien sûr…

---

[23] M…
[24] P… de b…

Quoi entendant, Fanny, en imitant un rire qui se voulait volontairement moqueur puis en employant un ton des plus sarcastiques, lui balança alors :

— Ah, ah, ah ! Quel bel exemple d'humour français… éculé ! N'empêche que vous n'avez jamais été fort pressés de faire savoir au monde que l'on ne dit pas des french fries, mais des belgium fries ! Eh alors ! Cela fait quoi d'être le Belge-mangeur-de-frites des anglophones du monde entier à présent !?

Mais Alex ne réagit pas à sa remarque, qu'il savait exacte. Depuis des années et des années, les Français s'amusent effectivement des frites belges, c'est un fait, tout en les trouvant fort à leur goût néanmoins, vu que la plupart cuisaient jadis les leurs dans des poêles qu'une couche d'huile recouvrait et dans laquelle ils laissaient frire – jusqu'à ce qu'elles étouffassent – les pauvres petits fretins de pomme de terre qu'ils y avaient déposés ou jetés sans délicatesse parfois ; bref, un truc et un résultat plutôt dégueulasse. Tandis que les Belges leur ont fait connaître les joies de la graisse à frire et l'inégalable réjouissance de la bonne patate dorée coupée finement puis délicatement plongée, une fois puis deux fois, dans cette même graisse de bœuf, de porc ou de canard qui ne demande qu'à les y accueillir comme l'eau accueille une nageuse olympique. Mais c'est un fait avéré, depuis des années et des années, les Français se foutent ouvertement de la gueule de leurs voisins du Nord à ce sujet. En revanche, dès que les États-Unis eurent popularisé le terme de frites françaises, soudain, ces dernières ayant acquis la valeur ajoutée qu'apporte le cachet d'un grand peuple historique

– et de l'orgueil ainsi que de la vanité parfois sans bornes qui accompagnent généralement ces nations-là – d'objet de moquerie, les frites devinrent une sorte de gloire nationale. Alex le savait donc, son pays, la France, se vantait à présent d'avoir apporté ce bienfait à l'humanité, mais à tort.

— C'est seulement que je rame un peu, se plaignit-il seulement en guise d'explication. Après avoir réalisé de belles découvertes toutefois, ajouta-t-il pour les rassurer et se rassurer lui-même certainement.

De concert, les deux Belges se tournèrent alors vers lui afin qu'il leur en dise plus. Peut-être pourraient-ils l'aider, même s'ils n'étaient ni friands ni amateurs de codes ou de chiffrements ? Et Alex, pour mieux leur faire comprendre la situation dans laquelle il se trouvait à présent, dès qu'elle fut imprimée, leur tendit une feuille couverte d'essais de décryptages. En même temps, ne sachant pas ce que ses deux amis connaissaient dans ce domaine si particulier, de sa voix un peu bourrue et grave, d'un ton un peu professoral de surcroît, il leur expliqua :

— Vous ne le savez peut-être pas, mais un codage n'est pas un chiffrement. Un codage, comme le sont le morse ou le code informatique, consiste en effet à associer des symboles, des dessins, des signes, des lettres des caractères abstraits, etc., pour transcrire une langue naturelle et faciliter l'information, pas pour dissimuler un message. Pour dissimuler un message, on parle plutôt de chiffrement ou de cryptage. D'où les termes de déchiffrement ou de cryptographie qui y sont associés par ailleurs. Un cryptage sert donc à rendre la compréhension d'un document impossible à toute personne qui n'a pas la clé de déchiffrement. Une clé qui, évidemment, se doit d'être la plus complexe possible. La plus impossible à découvrir tout en étant très facile d'emploi ; ce qui relève de la gageure ! Bien qu'il existe des avis divergents à ce sujet, le premier cryptage que l'on connaît remonte à Jules César, continua-t-il. Il consistait à décaler de quelques places les lettres de l'alphabet en leur associant un nombre : E = 1, F = 2, G = 3, etc., jusqu'à revenir à A. Un truc assez aisé à percer grâce à l'analyse de la fréquence des lettres, mais intelligent tout de même pour l'époque.

— C'est pas aussi un machin avec des carrés parfois, genre, euh, Fichner, non ? intervint Bob qui aurait mieux fait de se taire sur ce coup-là.

— Du calme ! le rappela gentiment à l'ordre l'ancien militaire.

Ancien militaire qui, s'il se permettait d'interrompre assez souvent les autres, n'aimait pas trop de l'être non plus pour sa part. Puis, d'une voix plus douce et en souriant des yeux et des lèvres à ses plus fidèles compagnons d'aventures, tous les deux suspendus à ses lèvres, le Corso-Normand, d'un ton un rien malicieux, se permit encore de reprendre son meilleur ami.

— J'y arrive ! Puis ce n'est pas Fichner, mais Vigenère, le corrigea-t-il. En effet, il y eut fort peu de progrès entre l'époque romaine et l'époque moderne, quelques-uns en Angleterre ainsi qu'en France, avec la table de Vignère, par exemple, et non son carré. Mais ce dernier cryptage, même s'il résista à l'analyse traditionnelle des fréquences très longtemps, ne lui demeura pas impossible à briser non plus puisqu'il l'a été en 1836 par un major prussien du nom de Kasiski. Notamment parce qu'il est du même genre qu'un chiffre de César, il s'agit seulement d'un chiffrement symétrique.

Soudain, ce fut au tour de Fanny de l'interrompre. En amenant les doigts de sa main gauche perpendiculairement à la paume de sa main droite, elle lui demanda :

— Euh, break ! Pourrais-tu faire marche arrière et nous expliquer ce que tu appelles les tables de Vigenère... puis revenir ensuite sur ce concept de chiffre symétrique ?

— Volontiers, ma jolie crevette ! la railla alors le Français par plaisanterie.

Fanny haussa les épaules. Il y avait longtemps que cette remarque-là ne la faisait plus mousser contre lui.

— Le cryptage de Vigenère est un chiffrement par substitution poly-alphabétique. Un chiffrement dans lequel une même lettre du message clair peut, suivant sa position dans celui-ci, être remplacée par des lettres différentes ; cela contrairement à un système mono-alphabétique comme le chiffre de César. C'est bon, vous suivez ?

Demande sincère à laquelle ses deux amis acquiescèrent du bonnet... bien que cela demeurât toujours un peu obscur dans leurs esprits.

— Mais c'est un système qui a cependant l'avantage d'avoir introduit l'essentielle notion de clé, reprit le Français. Parce que, pour permettre son chiffrement, il faut effectivement en connaître ou en retrouver la clé de chiffrement.

Mais constatant que les deux autres larrons du « *trio de la B.A.F.* » faisaient de nouveau les yeux ronds, Alex se permit donc de préciser :

— En gros, pour réaliser un cryptage du genre Vigenère, il faut d'abord dresser un tableau dans lequel, sur une première ligne, vous écrivez les lettres de l'alphabet dans l'ordre, en clair donc, puis sur une seconde vous les décalez d'une place et ainsi de suite pour toutes les lignes suivantes. Ce qui leur confère un cryptage plus solide que celui d'un chiffrement réalisé avec un seul alphabet.

Ce disant, il leur glissa un gribouillage des prémices d'une table de Vigenère qu'il venait de jeter en quelques coups de crayon.

		Lettres en clair					
		A	B	C	D	E	F
Position	Clé	Lettres cryptées					
1	A	B	C	D	E	F	G
2	B	C	D	E	F	G	H
3	C	D	E	F	G	H	I
4	D	E	F	G	H	I	J
5	E	F	G	H	I	J	K
6	F	G	H	I	J	K	L

Puis, de son gros index tout plein de cicatrices d'ancien militaire des services spéciaux, il leur désigna les différentes colonnes et lignes dont il parlait.

— Prenons une clé au hasard par exemple. Disons ton prénom, Fanny. F-A-N-N-Y, épela-t-il alors le susdit prénom de la belle métisse en prenant tout son temps… conscient de ce qu'il souhaitait de réaliser derrière ce petit jeu apparemment des plus anodins. Ensuite, imaginons-nous un petit message très important que l'on souhaiterait de crypter, du genre : Bob rêve souvent de câliner la belle Anversoise aux yeux en amande…

Quoi entendant, Bob se mit alors à rougir des pieds à la tête et Fanny à la baisser, car Alex n'était pas dupe de leur petit manège et avait tout à fait compris qu'ils se plaisaient l'un et l'autre, mais que le fait qu'ils se connaissaient depuis longtemps, en tant qu'amis, jouait en la défaveur de l'expression de leurs sentiments. Cependant, sans relever leur gêne apparente ni s'en moquer aucunement, Alex continua et leur glissa alors sous les yeux un autre petit gribouillage aux pattes de mouches en dépit de ses énormes mains dignes d'un ogre.

B	O	B	R	E	V	E	S	O	U
F	A	N	N	Y	F	A	N	N	Y

— On écrit le message puis, juste en dessous, on reproduit la clé autant de fois qu'il y a de lettres dans le message, leur confia-t-il toujours d'un ton professoral qui lui convenait pas mal, se rendirent-ils compte. Enfin, à partir de là, on se réfère au tableau afin de vérifier les lettres de la ligne correspondant à la lettre F de la colonne de la clé. Le B y correspond à la lettre G ; pour le A de la clé, le O du message correspond à la lettre O., tout simplement. Puis pour le N, en dessous du second B, il s'agit de nouveau de la lettre O. ; etc., jusqu'à la fin du cryptage. Le premier mot du message, Bob, devient donc GOO dans ce cryptage.

Les deux autres, curieux de nature tous les deux, se dévisagèrent alors avec un air à la fois étonné et satisfait.

— Monsieur le professeur Beaumesnil, vous êtes un cador ! s'extasia alors Bob décidément toujours aussi épaté par les connaissances dans ce domaine de son hôte.

— Le parangon des hôtes de ce… de cette maison, renchérit Fanny tout aussi sincèrement épatée.

Avant d'ajouter :

— Mais, Alex, si je puis me permettre, quel est le rapport entre ce que tu nous expliques et les nombres inscrits sur le message qui se trouvait dans l'éprouvette ?

— C'est sûr que cela ne saute pas aux yeux, lui répondit Alex du tac au tac. Mais c'est à cette notion de clé à laquelle je voulais en venir. Car, pour comprendre l'éventuel message qui se trouve peut-être dans la suite de nombres inscrite sur ce bout de papier jauni que vous m'avez fourguée…

Mais, il n'eut guère le temps de continuer son exposé. Georges, le majordome de Bob – un sexagénaire plutôt « old shool », entra soudain sans s'être annoncé, ce qui était rare sinon exceptionnel, dans l'atelier.

— Messieurs, pardonnez-moi de vous déranger en plein travail, s'excusa-t-il tout d'abord, mais mademoiselle Fanny est demandée au téléphone… fixe.

Bien qu'un tel appel fût des plus étranges puisqu'elle n'avait jamais confié ce numéro privé à personne et que, mis à part sa grand-tante, qui possédait son numéro de portable et n'avait donc aucune raison de lui téléphoner chez Bob, personne ne savait où elle se trouvait à ce moment-là, Fanny accompagna Georges – un monsieur de 61 ans, aux tempes grisonnantes et dont les traits demeuraient pourtant plus sévères qu'apaisés – jusqu'au salon. Pendant ce temps, Alexandre en profita pour se remettre à réfléchir et à élaborer des hypothèses tandis que Bob retournait vers la peinture en souhaitant de continuer d'en faire apparaître les motifs et les détails encore cachés par de la poussière ou de l'encre. Une encre qui, très certainement, s'y était retrouvée malencontreusement et donc pas du tout pour cacher, sciemment, ce qu'elle représentait. Pourtant, au bout de quelques instants qu'il passa à inspecter ce qu'ils avaient déjà accompli avec Fanny, le Namurois remarqua que quelque chose en particulier était bien visible à présent, à savoir le titre de l'œuvre.

— Hoc, omne signum est, murmura-t-il alors mystérieusement à Alex qui ne l'écoutait que d'une oreille distraite, vu que, lui aussi, avait flairé quelque chose.

Mais dès qu'il eût réfléchi un instant à la signification de la locution latine que venait de lui murmurer son ami comme on murmure certains secrets dans cette organisation pas si secrète que cela qu'est la franc-maçonnerie ou dans l'officine d'en face, il plaisanta justement à ce sujet :

— Hé, Baullò ! Tu deviens Franc-Mac [25] ou quoi... ou Jésuite ?

---

[25] Franc-maçon.

— Hoc, omne signum est ! répéta Bob un peu plus fort. C'est le nom de la peinture. Mais peut-être serait-ce cela… euh, la clé, tu ne crois pas ?

— Mmmm, mouais, possible, en effet, mais vraiment simpliste alors. Il faudrait être tout à fait coquefredouille, comme tu aimes à le dire, pour cacher à la fois le message et la clé au même endroit, non ?

— Oui, tu as raison, admit le Namurois. N'empêche, ce titre donne du sens à ce qui est représenté en tout cas.

— Ah ! grommela Alex en se retournant vers Bob et en se caressant le menton d'un air songeur. Et en quoi donc ?

Alors Bob lui montra ce qu'ils avaient mis à jour en compagnie de Fanny, c'est-à-dire, en plus d'un joli paysage forestier parcouru par une rivière de laquelle sortait une naïade penchée vers un homme couché par terre, un collier et plusieurs autres éléments peut-être symboliques. Un collier par ailleurs lui-même des plus symboliques puisque son principal ornement n'était autre qu'un ibis. Puis on distinguait deux autres éléments des plus curieux eux aussi à présent. Le premier était une espèce de gouffre dans le sol dans lequel on distinguait un cours d'eau – peut-être la même rivière qui se trouvait en retrait presque au centre du tableau –, tandis que, derrière celle-ci, entre les deux personnages, d'une manière plus symbolique encore, un élément pas du tout à sa place se trouvait gravé dans une pierre imposante. Une pierre aussi imposante qu'elle était sombre bien que toute luisante d'humidité. Un ankh. Soit le symbole égyptien de la vie, mais représenté à l'envers par contre, hanse vers le bas donc.

— Comme tu vois, si l'on tient compte de ce que nous apprend le titre, à savoir qu'ici, tout est signe, on apprend tout de suite qu'il s'agit d'une allégorie. Ce qui n'est pas très surprenant cela. Tu sais probablement que les gens du 19e siècle s'en goinfraient, n'est-ce pas ?

Or, vu qu'il s'agissait d'une question rhétorique, Alex ne pipa mot ni ne broncha le moins du monde. Bien sûr qu'il savait cela ! Mais où donc voulait en venir Bob ?

— Donc, s'il s'agit d'une allégorie, au-delà de ce qui est représenté, on peut découvrir un message. Un message ou… ou une carte. Tu vois peut-être maintenant où je veux en venir, conclut d'ailleurs le Namurois qui avait perçu cette question silencieuse dans les mimiques de son presque frère.

— Une carte… encore ! bougonna alors le Français en faisant la moue. Décidément, cela n'en finit pas avec toi de découvrir des cartes…

Il faisait référence à de très récents événements durant lesquels ils avaient effectivement trouvé une carte tout particulièrement spéciale. Une carte magique qui ne cessait de se dessiner sur plusieurs murs d'une salle souterraine, mais dont seul le possesseur d'un anneau d'or, magique lui aussi, un anneau que Bob se mit d'ailleurs à triturer nerveusement à son annulaire droit, peut voir apparaître [26].

— C'est vrai que cela doit te changer, toi qui es habitué à partir en mode survie sans rien du tout ou presque avec toi, déclara Bob soudain hilare. Mais, tu dois admettre que

---

[26] cf. « Le diable dans la boîte »

si nous avons réussi, jusqu'à présent, la plupart de nos aventures ou de nos chasses aux merveilles, c'est généralement grâce à de bonnes cartes, non ?

— Je l'admets volontiers, Bob, je te charriais, c'est tout...

Un bon prix

— Vous ne devinerez jamais ce que je viens de recevoir comme proposition, les interrompit alors Fanny qui venait de se faufiler discrètement – aussi discrètement qu'un félin – jusqu'à leur hauteur.

De surprise, les deux amis sursautèrent puis ils rirent finalement tous les trois de ce sursaut inattendu. Fanny, dès que leur crise de fou rire se fut calmée, enchaîna :

— On me propose 100.000 € pour les restes de l'armoire, le tableau et l'éprouvette ainsi que ce qu'elle contient, les étonna-t-elle.

— Fichtre ! laissa fuser de ses lèvres Bob, pantois.

— Saperlipopette ! les fit de nouveau rire Alex après avoir hésité un instant toutefois avec le maintenant célèbre puterelle de... ou un plus parlant encore mille milliards de mille...

Car, s'était-il dit soudain, en ce moment, tandis qu'il était sur les nerfs, comme à chaque fois dans ce cas précis, il n'avait pas du tout envie d'incendier ni les puterelles ni les bordaux dans lesquelles elles bossaient durs... en Belgique. En tout cas, pas sur ce bûcher-là, celui de la médisance. Quant aux sabords, ces lucarnes par lesquelles on pouvait sortir la bouche d'un canon de la coque d'un navire, il ne les ouvrait que pour tous les petits noms de ses carnets... des proies bien plus intéressantes pour lui que tous les antiquaires ou amateurs d'art de ce monde et qui, seules à ses yeux d'hétéro convaincu, valaient bien la peine qu'il sortît son canon à lui...

— Comme vous dites, les gars ! dit Fanny.

Avant d'en remettre une couche en lâchant :

— Ce à quoi j'ajouterais même du Cornidiou, du palsambleu, du jarnidieu, sans oublier le célébrissime que le grand Cric me croque de notre bon capitaine Haddock national !

Mais Alex, qui n'était pas encore au courant de la manière dont avaient été découverts ces objets qu'ils examinaient ou nettoyaient, s'inquiéta.

— Mais comment se fait-il que quelqu'un soit déjà au courant de cela ? Ta grand-tante aurait-elle eu la langue trop pendue ? interrogea-t-il la métisse.

Question à laquelle Fanny répondit en levant les yeux au ciel, en haussant les épaules et en secouant la tête de droite à gauche :

— Pas du tout. Mais le déménageur qui a fait tomber l'armoire et a permis de découvrir le tableau et l'éprouvette par contre…

Et, en baissant légèrement la tête en signe d'excuses d'avoir douté de Lieve, qu'il connaissait lui aussi, Alex termina pour elle :

— S'est apparemment empressé d'ouvrir sa grande g...

— En effet, convint l'Anversoise. Il a téléphoné à un journal qui lui a dépêché un journaliste et, devant les doutes de ce dernier, s'est adressé par la suite à un antiquaire puis lui a demandé de vérifier ses dires. Aussi, d'après ce même dernier bonhomme qui m'a téléphoné, un certain Hans Craftlow, se sont-ils rendus tous les trois chez ma grand-tante Lieve et l'ont-ils interrogée à propos de cette découverte en lui faisant la même offre. Une offre alléchante qu'elle a cependant déclinée en insistant sur le fait que tout ce barda m'appartenait maintenant et que j'étais en ce moment même en train d'examiner ce legs chez le célèbre restaurateur et aventurier, Bob Lesage. Je l'ai d'ailleurs appelée juste après et elle m'a tout confirmé en jurant toutefois ne pas avoir donné mon numéro de portable, parce qu'elle sait que je déteste cela sans mon accord, ni non plus, bien sûr, ton numéro fixe et privé. Or, continua la Flamande, d'après ce que cet antiquaire lui a expliqué, un petit homme chauve au regard torve et à l'air chafouin qui lui a tout de suite déplu, il semblerait que ce meuble possède une marque de fabrique gravée au poinçon sur l'un de ses pieds. Une marque qui, à elle seule, lui confère déjà une certaine valeur, paraît-il. Mais avec une si belle histoire qui l'accompagne, une espèce de trésor caché depuis Dieu sait quand – qu'importe qu'il s'agisse d'une simple croûte qu'accompagnerait une vulgaire liste de course, a-t-il insisté pour bien me faire comprendre qu'il ne s'intéressait à ces objets-là que pour la légende dont il épicerait la vente du meuble (ce qui eut l'effet tout inverse, évidemment), car, avec une telle légende, cet antiquaire était certain que, même au prix qu'il lui proposait, ils feraient tout de même une bonne affaire l'un comme l'autre. Pensez donc ! 100.000 € la croûte et la liste de courses. Cela avait tout de même fait réfléchir Fanny un petit instant. Mais, étant donné que ce que venait de lui confier ce marchand finaud, justement, lui avait mis la puce à l'oreille, elle s'était ravisée. Qu'avait-il dit déjà ? Ah, oui, qu'il y avait une marque de fabrique sur le meuble…

Aussi, la métisse, dès qu'elle eût décliné poliment son offre en lui demandant, en outre, de ne plus la contacter à ce numéro-ci, celui de Bob, mais sans lui confier non plus celui de son portable, aussi Fanny s'était-elle empressée, juste après, de recontacter sa grand-tante dans le but de lui demander des précisions quant à cette marque. Lieve lui en avait donc fait parvenir une photographie que Fanny tendit aux deux autres membres du trio de la B.A.F en attendant impatiemment de voir leurs propres réactions.

— Ben tient ! grogna Alex dès qu'il l'eût sous les yeux. Manquaient plus que ces gugusses-là ! Tu vois, je te l'avais bien dit, bougonna-t-il ensuite sèchement en regardant fixement son ami Bob.

Son ami qui avait reconnu, lui aussi, dans ces symboles, la marque évidente de la franc-maçonnerie. Et plus précisément du Grand Ordre de Belgique, comme le signalaient les lettres G.O.B. qui se trouvaient inscrites en haut et à droite.

— Effectivement, lui concéda-t-il. Mais, en Belgique, de toute manière, jamais les jésuites ni les francs-maçons, c'est-à-dire le pouvoir de croyances et des idéaux transcendants auquel s'oppose celui des vérités scientifiques du réalisme ou des sains doutes du scepticisme, ne sont bien loin d'un peu tout ce qui s'y passe…

— Euh ! fit Alex. Cela n'est-il pas le cas un peu partout ? Toujours le même combat entre le rouge et le noir ?

— En même temps, de facto, déclara encore le Namurois, n'est-ce pas la meilleure chose qui soit pour nous ?

Mais, ne comprenant pas trop ce à quoi il faisait allusion, les deux autres membres du trio demeurèrent cois. Aussi leur expliqua-t-il :

— Ces gens-là ne sont-ils pas réputés conserver des traces et des histoires à propos de tous leurs membres ?

— Certes, convint alors la Flamande malgré tout dubitative. Mais aussi réputés des plus secrets avec cela, non ? Pis que des curés en confessionnal !

— Exact… sauf que j'y ai mes petites entrées, moi, dans ces confessionnaux-là. Qui se nomment plutôt des cabinets de réflexion dans ce milieu, lui signala Bob tout soudainement devenu mystérieux.

Révélation après laquelle, Alex, non sans un certain dégoût dans la voix ou, sinon du dégoût, au moins une certaine défiance, l'interrogea en le fixant de ses yeux soudain devenus énormes tant il était étonné par ce que venait de leur révéler leur ami :

— Tu… tu en es ?

Car, curieusement peut-être pour un ancien militaire, depuis toujours, Alex se méfiait des gens trop grégaires qui se réunissent en toges ou en costumes… de foire, d'après lui ; qu'ils soient religieux ou pas, d'ailleurs.

— Si tu veux dire par là être un frère maçon ? Non, pas du tout ! fut la réponse du Namurois.

Mais Alex savait que, de toute manière, personne n'est obligé de dire s'il en fait partie ou pas. Aussi continua-t-il de regarder fixement son ami d'un air intrigué.

— J'ai déjà été sollicité par contre, continua Bob sans y prendre garde, mais je n'ai jamais été moi-même fort intéressé par ce genre de regroupements ou de cercles dans lesquels, malheureusement, s'adeptisent bien trop de gens de toutes conditions et de toutes classes sociales ou niveaux d'études. De pauvres hères finalement. Des idéalistes. De pauvres idéalistes qui finissent, à l'instar des religieux qu'ils conspuent parfois, par devenir des fidèles et des serviteurs uniquement. Des serviteurs fidèles obligés, par serment, tout comme dans les sectes, d'obéir à la voix d'un grand-maître. Mais au seul risque d'en être rejeté ou banni par contre, tempéra-t-il sa critique. Car ce ne sont pas plus des assassins que des monstres odieux ou sournois en diable, seulement des gens qui souhaitent de changer le monde, de l'améliorer par la connaissance et une morale laïque.

— Ah, ce bel amour de la liberté qu'à Bob ! s'extasia alors Fanny sincèrement.

Ce à quoi le Français, parce qu'il s'agissait de son credo à lui aussi et rassuré quant à l'obédience de son presque frère, ajouta :

— Et de la laïcité !

C'est qu'ils n'étaient pas amis pour rien, le p'tit belge et lui.

— Par contre, continua de s'expliquer le Wallon, j'en connais tout plein des frères. Dont plusieurs me doivent quelques services. Évidemment, je ne peux pas vous jurer qu'ils se montreront des plus loquaces avec moi, vu que je ne suis pas assermenté à leur confrérie, mais cela vaut peut-être la peine d'essayer. Fut-ce pour apprendre qui était ce M. J. et comment cette armoire s'est retrouvée chez ta grand-tante, termina-t-il en mangeant du regard la métisse.

Aussitôt dit, aussitôt fait. Et pendant qu'Alex mettait Fanny au courant de leur conversation à propos de la peinture allégorique et de l'hypothèse de Bob à son sujet, ce dernier envoyait à plusieurs de ses contacts un courriel dans lequel il demandait leur aide pour parvenir à découvrir à qui avait appartenu cette armoire ou qui l'avait réalisée. Puisque, d'après ce qu'il en savait, une telle marque n'était pas une marque de fabrique, comme l'avait suggéré l'antiquaire, mais plutôt le signe d'un cadeau d'une loge à un frère. Un frère dont les initiales y avaient été gravées en même temps que celle de la confrérie et la date à laquelle il l'avait reçue. Pour quelle raison, en revanche, il ne le savait guère. Puis, au bout de quelques minutes, il leu dit :

— Voilà, c'est fait ! Il n'y a plus qu'à attendre. Et si pendant ce temps tu continuais ton explication au sujet des codes... euh, des cryptages ? proposa-t-il alors au Français en se souvenant de sa leçon à ce sujet.

Ce que fit très volontiers Alex, mais après s'être servi un grand verre de calvados tout de même, une boisson dont il raffolait depuis des lustres déjà et qu'il engouffrait parfois, souvent, au lieu de s'en délecter par toutes petites doses... quasi médicales. Ce contre quoi le mettaient en garde Fanny et Bob régulièrement d'ailleurs. Mais la médecine d'Alex, à la place d'être celle d'un véritable praticien, en ce domaine en tout cas, était celle d'un vulgaire médicastre [27]. Un de ces mauvais bougres qui n'hésite pas à prescrire et à administrer, y compris à lui-même, de trop fortes doses de bonnes choses ou de poisons au risque de les voir devenir leurs pires cauchemars ou leurs plus affreuses dépendances. Un futur alcoolisme ou une hépatite, voire un cancer du foie, en somme, dans le cas d'Alex.

— Eh bien ! Pour ma part, c'est la date du cachet qui me rassure, commença-t-il. En effet, si l'armoire date de cette époque-là, nous n'aurons sans doute pas affaire à un cryptage asymétrique, soit un cryptage beaucoup plus compliqué à casser qu'un cryptage à la César ou à la Vigenère. En revanche, j'ajouterais que, vu son engouement à cette époque, il s'agit peut-être de ce que l'on appelle un cryptage du livre. Ce qui n'est pas nécessairement

---

[27] Un mauvais ou un faux médecin.

rassurant cela puisqu'il faut connaître le livre ou le texte qui a servi de clé. Un livre ou un texte qui existaient déjà ou qui ont été créés uniquement pour servir de clé qui plus est. Ce qui pourrait alors signifier que ce chiffre, si chiffre il y a, pourrait très bien nous demeurer impossible à briser.

Ensuite, après une nouvelle gorgée de son poison quotidien, ironique, il les interrogea :

— Mais, comme j'imagine que vous ne savez pas non plus de quoi il s'agit, je vais plutôt vous demander si vous avez déjà entendu parler du trésor de Beale ?

Question à laquelle Fanny seule lui fit comprendre, d'un geste de la tête, qu'elle savait de quoi il retournait. Elle l'interrompit d'ailleurs pour affirmer haut et fort :

— C'est la plus merveilleuse histoire de publicité qui ait été inventée au 19ᵉ siècle aux États-Unis !

— C'est pas faux ! confirma Alex. Mais peut-être pas vrai non plus, ne put-il s'empêcher d'ajouter immédiatement en bon Normand qu'il était tout de même. En fait, jusqu'à présent, personne n'en sait trop rien. Mais voici l'histoire, déclara-t-il en regardant Bob qui ne savait pas, lui, de quoi il retournait. Elle a commencé par une rencontre qui devint une amitié. Celle entre un habitant de Lynchburg, en Virginie, un certain Robert Morriss, tenancier de l'unique hôtel de la ville, et un homme qui s'y installa un moment et se présenta à lui sous le nom de Thomas Beale. Or, ce dernier, avant de disparaître dans la nature à tout jamais, lui aurait confié un coffret scellé dans lequel il avait placé plusieurs lettres, pour Morriss notamment, mais aussi, et surtout, trois documents cryptés. Soit une chose que découvrirait Morriss seulement dix années après ce dépôt cependant parce qu'il n'avait reçu aucune nouvelle de son ami Beale qui lui avait demandé d'attendre autant de temps avant d'en prendre connaissance dans ce cas. En revanche, jamais Morriss ne parvint à lire ces documents-là, car jamais il ne reçut aucune instruction à ce sujet ni ne parvint à trouver quoi que ce soit qui lui eût permis de briser les chiffres qu'ils contenaient. Aussi, avant de mourir, confia-t-il ce legs à l'un de ses amis – un anonyme qui aurait fini par publier toute cette histoire en 1885 –, lequel serait parvenu pour sa part, à force de patience et d'essais, écrit-il, à décrypter l'un des trois feuillets… grâce à la déclaration d'indépendance américaine. Mais, comme il ne parvenait pas à aller plus loin et que ce document qu'il était parvenu à décrypter n'était pas des plus utiles pour trouver l'emplacement du fabuleux trésor censé reposer dans le comté de Bedford, à quatre miles environ de Buford, dans une excavation ou caverne à six pieds au-dessous du sol, est-il seulement stipulé dans ce texte mis en clair par cet anonyme, celui-ci s'était finalement résolu à publier le récit de son histoire ainsi que les trois messages cryptés. Néanmoins, conclut Alex en élevant un peu la voix, là n'est pas la question. Ce qui est surtout intéressant, ici, est de nouveau la clé du cryptage elle-même… pas de savoir si trésor il y a ou pas. Même si je suis assez d'accord avec la crevette pour parler de publicité dans ce cas-ci, conclut-il.

Puis Alex se tut un instant et n'osa pas leur avouer qu'il avait passé lui-même plus de trois années à se casser la tête avec ces chiffres-là avant de parvenir à cette conclusion. Ce fut donc Fanny qui continua à sa place :

— C'est en effet la déclaration d'indépendance qui lui aurait permis de décrypter le message de Beale. L'auteur avait employé la première lettre de chaque mot en y inscrivant un nombre à la place.

— Tout à fait exact, l'acclama Alex qui reprit la parole. Une clé complexe de ce genre-là est donc bien plus difficile à découvrir qu'un simple mot répété plusieurs fois. Toutefois, heureusement pour nous, y compris ces cryptages-là possèdent des failles. Des défauts qui rendent possible de les briser. Par exemple, entre autres choses, il peut y avoir des défauts typiquement humains comme celui qui consiste à ne pas changer de clés suffisamment souvent, l'habitude donc, ou encore, plus difficile à surmonter pour le codeur, celui de vouloir trop bien faire, c'est-à-dire d'écrire sans faute, de répéter des abréviations spécifiques, voire d'employer les termes adéquats auxquels pourrait s'attendre un briseur de code. Ainsi, de la même manière que pour un chiffre de César ou un Vigenère, la langue elle-même du message peut-elle devenir une source de faiblesse qui va se retourner contre lui finalement. Ceci sans parler du défaut des fainéants, ajouta-t-il avec un air des plus dénigrants, qui consiste à employer régulièrement certains nombres identiques de remplacements. Bref, autant de vices, de défauts et de failles qu'il convient alors d'exploiter lorsque l'on cherche à percer le secret et à retrouver le message... ou la clé. Ce qui fait que, si tous les cryptages du livre reposent sur le même genre de procédé de substitution, cela ne veut pas dire qu'ils sont tous aussi puissants, loin de là ! Si le cryptage se fait avec chaque lettre des mots au lieu de chacune des premières lettres par exemple, il est plus aisé à casser. Mais si l'auteur emploie des phonèmes au lieu de lettres, plus compliqué, et donc plus sûr, bien que plus long et difficile à réaliser. Enfin, il reste la possibilité que l'auteur ait écrit lui-même le texte clé ou qu'il emploie un système de lignes et de colonnes relatives aux pages d'un livre en accordant un nombre à la première ligne, un second à la deuxième, etc., en comptant ensuite chaque lettre en fonction de cette première numération, 1.1 pour la première lettre de la première ligne, 1.2 pour la seconde, 2.2 pour la première lettre de la seconde ligne et ainsi de suite. Ce qui rend la tâche un peu plus complexe encore. Et, pour tout vous dire, actuellement, je rame un peu. Je rame avec des brans de T, des bougres de S et des salopiaux de L.

Alex leur dit cela en ayant adopté un air des plus bougons, mais il leur tendit néanmoins un exemple de résultat – il y avait tout plein de possibilités au départ en effet – qu'il pensait avoir déjà atteint.

> 13-41-55— T-43-12-27-54-102-37-94-102-23-69-31-95-21-62-83-36-86—S
> 103-42-22-46-28-83-21-11-23-49-95 — T—72-34—T—47-13-28-43—S
> 31-45-12 — T —84 — L —52— S—13-101 — T —21-0-84-S-86 — L —77-13-41-95 — T -12-87-46-21 — L —101-55-28-78-87
> 48-78-83-68 — T —78-95-46-94 — S-41-83-21-23-61-91-101—L—0-36-55—T—54-87—S-68-33-83-61-13-24-62-34-22-61-102-74—L—21-95-78—S

```
91-103-95-21-62-83-86-102-101-69-33-23-
31-62 — L—68-78-32-78—S
13-101-62-23-22-68-92-11-24-103-13-94-95-
23-33-61-74-48-101-32-86-0-73-54 — S
31— L—101-0-23-102-101—L—0-78-79—
T—43-0-23-31-69-64-72-74-101-87
83-43-0-103-78 — S—51-83-101-22-94-95-
23-87-83-24-0-73-95-31
T—92-87—T-101-102-84-95—T—78-102-87-
101—L—94-102-49-95-21—S—85-31-78—
L—54-87
```

Toutefois, il le craignait, il s'agissait encore, en majeure partie, d'une suite de nombres toujours plus ou moins incompréhensibles pour des néophytes tels que Bob et Fanny. Pourtant, juste avant qu'Alex s'explique quant au procédé qu'il avait employé jusque-là, Fanny s'exclama :

— Il n'y a décidément pire aveugle que celui qui ne veut pas voir !

Interloqué, il lui demanda :

— Mais pourquoi dis-tu cela, Fanny ?

— Dans ton excitation, osa la plus jeune fille que lui, tu n'as pas dû bien regarder les dernières lettres de ces lignes… des « s ». Ni penser surtout au titre de la peinture qui accompagnait ce message crypté. Pourtant cela saute aux yeux, non ?

— Ô, muzza secca [28] ! s'écria subitement Alex en constatant à quel point elle disait vrai.

---

[28] Chatte sèche.

Cela sautait aux yeux en effet. Mais il avait été aveuglé par ses émotions. Là-dessus, d'un revirement si brusque qu'il laissa stupéfaits ses deux amis belges, le Corso-Normand se retourna illico vers son ordinateur et s'y replongea sans plus rien dire. Quant à eux, Fanny et Bob, après s'être entre-regardés – Bob en fronçant les sourcils, puisqu'il ne comprenait pas, Fanny en souriant, puisqu'elle savait, elle, pourquoi Alex avait réagi de la sorte –, quant à eux, munis de leurs Cotons-Tiges tout mouillés de salive, ils retournèrent eux-mêmes à leur travail de bénédictin.

L'après-midi se déroula alors sans plus aucun coup de téléphone ni message, mais agrémentée de tout plein de jurons « alexandrins » et de sourires amusés et de connivences de la part des deux autres. Enfin, vers dix-sept heures, commençant d'avoir un creux, et en attendant qu'Amandine ait préparé le repas puis mis la table, ils décidèrent de stopper leurs investigations respectives et de faire le point…

Premiers résultats

De nos jours, tout le monde le sait, demeurer assis devant un écran trop longtemps est fort mauvais pour le corps en général ; or, Alex était demeuré déjà pas mal d'heures devant son écran et son clavier. Un vieux clavier à membranes, qui plus est, avec des touches à l'ancienne sur lesquelles il lui avait fallu appuyer plus fort que sur les claviers tactiles ou virtuels. Aussi, avant de recommencer à leur expliquer son travail, le Français tenta-t-il de se relaxer un peu le dos et les mains en les étirant puis son cou en lui faisant réaliser quelques tours de moulinets délicatement tout en roulant des épaules et en contractant puis décontractant ses doigts engourdis. Ce qui fait que, en se remettant en place, ses os craquèrent si fort, les vertèbres de sa colonne notamment, mais aussi les diverses parties de ses mains, que leur bruit net surprit ses deux amis. Fanny, de sa voix suave de chanteuse de music-hall, se moqua d'ailleurs de lui gentiment :

— Commence à se faire vieux, le frenchie !

Mais Alexandre Beaumesnil, faisant la sourde oreille à ces sarcasmes, stoïque donc à l'écoute de cette vilaine chanson-là, car bien conscient qu'il n'avait plus vingt ans en effet mais s'en fichant éperdument, au lieu de lui répondre, par exemple, qu'elle aussi prenait de l'âge – ce qui eût été aussi disconvenant que méchant ou grossier –, Alex, en se penchant vers eux afin de franchir leur espace d'intimité, sur le ton de la confidence, mais un peu dépité par ce constat qu'il allait leur dresser, continua plutôt de leur expliquer son travail de la journée :

— Vous devez savoir que le décryptage n'est, malheureusement, pas qu'une affaire de logique et d'intelligence, murmura-t-il presque. Il y a aussi une bonne dose de chance et d'intuitions qui joue. Avec tout plein d'erreurs possibles ou… ou de fautes d'inattention, avoua-t-il en zieutant Fanny de ses yeux vairons, aux pupilles vertes et marron.

Puisque celle-ci lui avait effectivement fait remarquer, quelques heures plus tôt, un élément évident, mais que sa conscience, focalisée sur autre chose, avait complètement oblitéré en l'empêchant ainsi de le voir et de bien continuer donc. Alors, en citant le grand briseur de la super machine à crypter allemande de la Seconde Guerre mondiale, Enigma, le Français soudain s'exclama :

— Il faut parfois réaliser tout plein d'essais et subir ainsi tout plein d'échecs, mais, qu'à cela ne tienne, merci Alan Turing !

Soit l'un des pères méconnus de ce qui deviendrait l'informatique et les ordinateurs.

— En effet, continua-t-il, grâce à lui, notamment, et aux calculateurs qu'il inventa, de tels essais prennent de nos jours bien moins de temps qu'autrefois, lorsque tout se faisait de tête et à la main ; d'autant plus avec des codes symétriques ou des codes du livre... quoique.

Puis il se tut un instant, refit craquer ses doigts en moulinant de nouveau de la tête, et finit par leur lâcher :

— Mais je vais tenter d'être bref et vous narrez en quelques mots les étapes que j'ai suivies jusqu'ici.

Ce disant, il regarda avec envie en direction de son verre… vide. Et Bob, en même temps qu'il lui désignait du menton une bouteille de ce délicieux poison dont raffolait Alex, lui proposa :

— Un petit calva, peut-être ? Mais p'têt ben qu'oui p'têt ben qu'non ?

Ce sur quoi, sachant encore une fois qu'il s'agissait seulement d'une question rhétorique, Bob lui en servit un verre sans qu'Alex ait eu à ne lui répondre rien d'autre que par un signe affirmatif de tout son corps envieux. Le Normand avala ensuite d'un trait cet alcool de pomme, rugit de plaisir puis, la gorge encore un peu réchauffée par la puissance du calvados de son ami belge, les joues un peu rougies d'ailleurs et ses narines d'ordinaire peu épatées se dilatant légèrement sur le coup, ne trouva qu'une chose à en dire :

— Waouh ! Mazette, mon p'tit gars ! Quel arôme… et quelle puissance aussi !

Puis, reprenant ses esprits, l'air tout à fait satisfait, il finit par recommencer d'expliquer où il en était dans son décryptage du message qu'ils avaient découvert dans l'éprouvette.

— Tout d'abord, j'ai remarqué deux choses, recommença-t-il de les subjuguer.

Car ils étaient suspendus à ses lèvres en effet.

— Deux éléments troublants. D'une part, il y a des nombres à quatre chiffres, dix en tout, tandis que, d'autre part, il y a aussi un nombre unique, toujours le même, à savoir le zéro. Aussi ai-je décidé de bosser sur une première hypothèse… une première intuition, leur avoua-t-il en baissant encore un peu la voix, sur laquelle je suis toujours d'ailleurs.

Le Français leur plaça alors sous les yeux un morceau de papier sur lequel il avait écrit les dix nombres à quatre chiffres.

— Et, en les voyant, vous comprendrez tout de suite mon intuition, leur certifia-t-il en même temps, sûr de son fait.

— Ce sont des dates, non ? lui demandèrent d'ailleurs de concert les deux autres membres du trio de la B.A.F.

Content d'avoir parié sur le bon cheval, Alex admit :

— C'est aussi mon avis ! Ou, sinon des dates, précisa-t-il, des nombres qui servent peut-être à délimiter des phrases différentes. Ce qui nous donnerait donc dix lignes en tout. Et, sans rentrer dans les détails, comme je vous le disais, en raison même de la fréquence des lettres, fréquence qui diffère d'une langue à une autre, il faut parvenir à découvrir dans quelle langue a été écrit le message. De nouveau tout plein d'essais et d'erreurs et d'échecs donc et re merci Alan et les autres ! Ce qui m'a conduit peu à peu à sélectionner trois lettres en particulier associées à trois nombres, les lettres T, S et L. Des lettres dont la fréquence est moyenne en français ou en latin, mais suffisamment haute, entre 5 et 6,5 %, pour les retrouver si la clé n'en contient pas trop elle-même.

Bob fronça les sourcils puis se pencha vers l'Anversoise et, au creux de l'oreille petite et fine de la métisse, lui susurra :

— Un vrai joueur de Casino, notre ami français !

Levant les yeux au ciel, Fanny hocha la tête de haut en bas en guise d'acquiescement silencieux, mais, toute à son écoute, elle n'ouvrit pas la bouche et laissa continuer à la place leur professeur du jour.

— Par exemple, le nombre 38 revient douze fois, le 93 onze et le 44 dix, expliquait-il.

— Et le zéro ? l'interrompit Bob, dont ce n'était pourtant pas l'habitude.

— Il est plus compliqué à définir parce qu'il peut valoir plus d'une lettre de faible fréquence, lui répondit Alex. Des lettres, sans doute absentes du texte qui a servi à crypter ce message, soit la clé, qui ont été remplacées par ce chiffre-là, précisa-t-il en se renfrognant un peu. Des lettres telles que le k, le p, le q, le w, le z, le x ou le j... et j'en oublie certainement. Aussi l'ai-je laissé de côté pour le moment, car d'autres nombres reviennent plus régulièrement, le 101 revient treize fois par exemple, le 23, dix fois, le 21 et le 102, huit chacun. Or, je gage qu'il s'agit là de l'une de ces faiblesses humaines dont je vous ai touché un mot, à savoir la paresse. La paresse de ne pas chercher plus de nombres différents permettant de crypter son message et l'habitude acquise à force d'employer la même clé. Mais vous remarquez alors la proximité de ces nombres 101 et 102 tandis qu'il n'en existe qu'un seul plus élevé, le 103. On peut donc penser qu'il s'agit là d'un mot de trois lettres dont la première et la seconde sont assez récurrentes dans la langue employée. Puis c'est à cette étape que Fanny est intervenue... fort intelligemment, la complimenta-t-il des plus sérieusement.

Et tout en leur parlant, Alex leur indiqua de l'index le document empli de chiffres et de lettres qui avait permis à la belle Anversoise de lui « mettre son bran devant les yeux » euh, pardon, de lui faire prendre conscience de sa propre inattention sur ce coup-là.

— Effectivement, elle a eu bien raison de me faire remarquer les finales en « s » et le rapport avec le titre en latin de la peinture, s'expliqua-t-il en même temps. Très probablement, l'un des nombres ou plusieurs qui les précédaient devaient être le « u » traditionnel des finales en – « us » propres à cette langue morte. Aussi ai-je travaillé à cela. Or, depuis lors, j'ai obtenu un résultat qui me semble à présent, euh… des plus prometteurs. Mais je ne m'en suis pas tenu là, ajouta-t-il d'un ton goguenard [29]. J'ai aussi essayé tout plein de mots de trois lettres, en français et en latin donc, car personne ne sait si la clé et le message sont écrits dans la même langue ou même si la clé ne serait pas constituée d'un mélange de langues différentes. Ce qui m'a permis de découvrir, très probablement, je crois, une partie de cette clé d'ailleurs. Son dernier mot, le mot âme. Et, à bien y regarder, je me suis rendu compte que le même phénomène que pour les nombres 101, 102 et 103 existait pour les nombres 11, 12 et 13. Un autre mot de trois lettres, en somme, mais situé au tout début du texte clé, celui-là. Puis, enfin, que les nombres 21, 22 et 23 devaient probablement provenir, eux aussi, d'un mot semblable. Encore un mot de trois lettres donc, conclut-il son exposé avec une mine tellement réjouie que ses bonnes bajoues se mirent à rosir de satisfaction.

Et hop ! Il en profita juste après pour leur fourguer de nouveau sous les yeux une copie imprimée d'une suite de nombres qui n'enchantait que lui.

```
13-41-55 — T-43-12-27-54—M—37-94—
M—I—69-31-95-21-62-83-36-86—S
103-42-22-46-28-83-21-11 — I—49-95—
T—72-34—T—47-13-28-43—S
```

---

[29] Qui a l'air de se moquer familièrement d'autrui.

```
31-45-12 — T —84 — L—52— S—13 —
A—T —21-0-84 — S—86—L—77-13-41-
95—T—12—S—46-21—L—A—55-28—U—S
48— U—83-68—T—U—95-46-94-93-41-83-
21-I-61-91—A—L—0-36-55—T—54—S
S—68-33-83-61-13-24-62-34-22-61—M—
74—L—21-95—U—S
91-103-95-21-62-83-86 — M—A—69-33—
I—31-62—L—68—U—32—U—S
13— A—62-I-22-68-92-11-24-103-13-94-
95—I—33-61-74-48—A—32-86-0-73-54—S
31— L—A-0—I—M—A—L—0—U—79—
T—43-0—I—31-69-64-72-74—A—S
83-43-0-103 — U—S—51-83—A—22-94-
95—I—S—83-24-0-73-95-31
T—92—S—T—A—M—84-95—T—U—M—
S—A—L—94—M—49-95-21—S-85-31—
U—L—54—S
```

— Ainsi, comme vous pouvez le constater de visu, la dernière ligne commence-t-elle à apparaître et à former au moins un mot sensé… en latin. Le mot « testamentum » insista-t-il.

Avec un brin d'admiration dans la voix qui fit gonfler le cou du petit coq Alex… comme s'il avait eu besoin de cela, Fanny le félicita.

— Tu avais donc raison de considérer les nombres à quatre chiffres comme des dates, reconnut-elle.

Puis, soudain songeuse, elle ajouta :

— Mais alors… il s'agirait d'incunables peut-être ?

Bob sursauta légèrement en entendant ce mot. Et lui qui, jusque-là, était demeuré fort dubitatif quant aux prétendus résultats d'Alex, lesquels ne lui paraissaient être encore qu'une hypothèse parmi tous plein d'autres possibles, avec un air étonné, la questionna alors :

— Pourquoi cela ?

— Parce que la ligne finale est sans doute le nom d'un des nombreux incunables qui furent volés à l'Université de Leuven lorsqu'elle fut fermée pour la seconde fois, en 1835, leur apprit alors, les surprit alors, la Flamande… qui y avait fait de très brillantes études.

Cette nouvelle laissa les deux hommes pantois un instant. Tant pour elle-même qu'à cause du fait que Fanny était au courant de cela. Puis Alex s'écria de joie :

— Quitte à être de la revue et à devoir payer ma tournée de pastis, pour un peu, je t'embrasserais, ma belle Fanny ! Tu es un vrai génie, toi ! la complimenta-t-il encore une fois. Et c'est nous qui « baisons Fanny »[30], là, maintenant !

Celle-ci se mit à rougir de cette remarque, mais pas tant à cause du compliment que des derniers mots coquins du français qui avait employé une expression méridionale de pétanque signalant que les perdants n'ont pas marqué un seul point. Ensuite, Alex, aussi fébrile qu'un enfant qui

---

[30] Dans le domaine de la pétanque, embrasser Fanny signifie perdre avec zéro point et devoir payer la tournée, mais on peut dire aussi toute autre chose, à savoir être Fanny ou… baiser Fanny.

aurait découvert un excellent bonbon, l'interrogea à son tour :

— Mais, pendant que je fais remplacer les nombres par les lettres de ces derniers mots sur mon application, pourrais-tu nous expliquer ce qu'il en est de ce vol ainsi que de… de cette seconde fermeture de l'université de Leuven ? insista-t-il sur le mot de seconde, vu qu'il ne savait même pas que l'Université de Leuven avait fermé plusieurs fois ses portes déjà ; puis pas même où cela se trouvait… Leuven.

La métisse acquiesça en souriant. Un sourire qui faisait rayonner sa face tout entière et donna un petit frisson à Bob.

— J'imagine que vous êtes au courant qu'il s'agit de la plus ancienne université belge, datant du 15e siècle, n'est-ce pas ? les questionna-t-elle.

Bob fit signe que oui de la tête, mais Alex la regarda avec des yeux ronds. C'était à peine s'il se souvenait avoir entendu ce nom-là par rapport à l'histoire du célèbre humaniste Érasme ; qui s'en était fait mettre à la porte à cause de ses prises de position trop mièvres pour les catholiques et pas assez ardentes non plus pour leurs opposants par ailleurs, les protestants.

— Par contre, une chose moins connue est qu'elle fut le berceau d'un courant religieux nommé le jansénisme. Un courant moralisateur fort strict qui fut condamné par l'Église catholique ainsi que par le Pape. Aussi ferma-t-elle une première fois ses portes en 1797. Puis, 20 ans plus tard, en 1817, elle les rouvrit, mais sous un autre nom et sous l'égide d'une tout autre philosophie surtout, celle du roi Guillaume d'Orange, souverain des Pays-Bas. Un territoire qu'avait offert à sa famille la défaite de Waterloo ainsi que le choix des vainqueurs durant le congrès de Vienne, en 1815. Un territoire qui comprenait la Hollande, le royaume de Belgique actuelle ainsi que le Grand-duché du Luxembourg. Or, ce monarque protestant avait souhaité que cette université-là ne dépendît plus du pouvoir des jésuites, mais devienne à la place une université d'état, une université publique donc. Et neutre surtout… à l'instar de celle de Liège aujourd'hui par exemple, apprit-elle à Alex.

Car Alex, à la différence de Bob, n'y connaissait pas grand-chose à l'histoire de la Belgique et moins encore à ses universités. Ensuite, en replaçant en arrière, d'un geste lent et presque sensuel, une mèche de ses beaux cheveux noirs, la jolie métisse continua de les instruire :

— Dès lors, vous pouvez vous imaginer ce qui s'est passé pour cette école-là peu après la révolution belge de 1830, les interrogea-t-elle indirectement.

— Les jésuites en ont repris le contrôle et l'ont rebaptisée, fut la réponse de Bob.

Réponse que la Flamande félicita.

— Tout à fait ! D'Université d'état de Leuven, elle fut tout d'abord fermée en 1835 puis les lieux furent investis par l'Université catholique de Malines qui finit par s'y délocaliser tout à fait en devenant la K.U.L., Katholieke Universiteit (van) Leuven, souligna-t-elle dans sa langue maternelle qui, entre ses lèvres, paraissait presque jolie sinon agréable à entendre pour les oreilles d'Alex si peu habitué au parlé flamand. Par contre, dès cette époque, des rumeurs circulèrent à propos d'un vol qui y avait été commis entre temps par l'un de ses administrés. Un vol considérable dont personne ne sut jamais ni qui en fut l'auteur ni qui en fut le bénéficiaire. Plusieurs livres, fort rares et précieux, y furent effectivement dérobés à cette époque, dont dix incunables. Des livres dont certains refirent surface quelques années plus tard… en France, durant l'affaire Libri. Une affaire qui défraya la chronique de l'époque et que vous n'ignorez sans doute pas…

Mais Fanny constata vite, à leurs yeux ronds, que ses deux compagnons ignoraient tout de cette affaire ; cette affaire judiciaire qui, à l'époque où elle avait éclaté, en 1848, provoqua un gigantesque scandale en France. Un scandale qui conduisit, entre autres choses, à l'emprisonnement provisoire, durant 15 jours, du célèbre écrivain de l'époque Prospère Mérimée ; oui, celui-là même dont l'une des dictées inquiète toujours autant celles et ceux qui souhaitent d'apprendre cette langue si compliquée et si peu logique parfois qu'est le français. Parce que, non seulement Mérimée avait aidé à fuir en Angleterre son ami Libri, mais aussi parce qu'il avait osé prendre sa défense de manière un peu rude durant son procès. Un procès qui se déroula sans accusé par contre puisque celui-ci avait eu le temps de s'enfuir en emportant avec lui le fabuleux produit de son prétendu larcin.

Aussi Fanny se fit-elle un devoir – et un plaisir, car elle aimait partager avec autrui ses grandes connaissances – de les instruire de cette affaire qui l'avait passionnée jadis.

— Guglielmo Brutus Icilius Timeleone Libri Carucci dalla Sommaja, nommé aussi comte Libri, commença-t-elle de les faire sourire, était le fils d'un personnage qui eut maille à partir avec les révolutionnaires belges de 1830. Son père, le comte Libri-Bagnano, un exilé italien qui avait soutenu Napoléon, s'était installé en France tout d'abord, mais avait dû la fuir sous le coup d'une condamnation pour faux en effet de commerce. Exilé aux Pays-Bas, il y était alors devenu un agent à la solde du roi Guillaume d'Orange. Le même roi contre qui les futurs Belges se révolteraient ou y seraient poussés par d'autres, glissa-t-elle discrètement.

Parce qu'elle considérait, pour sa part, que cette histoire de soulèvement populaire – volontaire – était une espèce de légende urbaine. Une légende à vocation mythique et fondatrice. Une légende dorée qui prenait racine dans des manigances d'autres nations ou groupes plus ou moins secrets que les seuls Belges à qui il avait fallu offrir l'idée qu'ils s'étaient libérés seuls grâce à ce célèbre courage vanté par César jadis… mais elle n'insista pas.

— Le comte Libri-Bagnano, père, s'installa donc dans ce qui deviendrait la Belgique et y travailla dans un journal. Mais un journal qui fut incendié durant la révolution belge. À la fin de celle-ci, il s'exila alors de nouveau, une dernière fois, vers la Hollande où il termina paisiblement ses jours. Ceci dit pour vous donner un portrait de la famille du petit Brutus, s'amusa alors Fanny, espiègle, de ce nom un peu ridicule à porter de nos jours. Un nom à porter lourd de conséquences, déclara-t-elle ensuite. Un éponyme [31] de la trahison en quelque sorte au même titre que Judas pour les chrétiens. Car, le fils du comte Libri-Bagnano, tout comme le célèbre Romain, en dépit de telles racines, si je puis dire, avait fort bien commencé sa carrière. En effet, avant l'affaire judiciaire qui salit de nouveau son nom de famille, Brutus était connu en tant que savant mathématicien. Un savant promis à un fort bel avenir, de surcroît. Il travailla dans plusieurs hautes écoles, dont le très connu Collège de France, publia tout plein de mémoires, rencontra et se lia d'amitié avec la plupart des célèbres personnages de son époque, dont Mérimée, Arago, Duhamel, Cauchy, Legendre, etc., et il reçut même la si prisée Légion d'honneur en 1838. En outre, avant sa chute, il était parvenu à obtenir la très importante charge, en 1841, de secrétaire de la commission du catalogue général des manuscrits des bibliothèques publiques de France.

De son regard d'émeraude, elle les toisa alors un instant puis, en secouant la tête, fit :

— Ouille, ouille !

Ce qui eut pour effet que ses longs cheveux noir de jais un peu ondulés, abondants, doux et soyeux, luisants parfois de rais bleus sous les rayons de la lune, se mirent à balayer l'air tout autour d'elle dans un mouvement des plus séduisants à regarder ; une sorte de vague que cet océan de beauté offrait généreusement aux yeux des deux hommes.

---

[31] Qui donne son nom à quelque chose. Brutus, le fils adoptif de César, au nom de la République, le trahit en effet et le poignarda en compagnie de Cassius et d'autres sénateurs de Rome.

— Effectivement, ce n'était probablement pas la meilleure place à offrir à un bibliomane avéré tel que l'était déjà ce noble, leur expliqua-t-elle ensuite ; raison de son interjection. Lequel bibliomane possédait une fort vaste érudition en ce domaine ainsi qu'une bibliothèque dont le premier ouvrage remontait à ses douze ans.

Cette dernière information eut le don de faire sourire ses amis, très attentifs à l'histoire qu'elle leur contait, et tout deux collectionneurs de longue date, eux aussi, puisqu'Alex avait commencé dès ses onze ans et Bob ses dix. Le Français, avec des objets liés à la magie ou à la sorcellerie, et le Belge, avec toutes sortes d'objets essentiellement en bois.

— Or, en 1848, lorsque la justice française fut saisie de l'affaire, c'était déjà des milliers de livres que cet ancien savant devenu larron avait ou aurait, on ne le sait toujours pas, subtilisés durant son mandat puis revendus en « stoumeling », comme on dit à Bruxelles, c'est-à-dire en douce, en Angleterre notamment. Des milliers de milliers de livres, aussi précieux que rares, parmi lesquels quelques érudits de Leuven reconnurent des ouvrages qui avaient justement disparu de la bibliothèque en 1835. Toutefois, jamais aucun de ces érudits ne parvint à prouver qu'il s'agissait bel et bien de ceux-ci cependant... ce qui fait qu'ils ne les récupèrent pas.

Alex, pourtant fort au courant, par plusieurs amis collectionneurs de livres, de pas mal d'histoires de bibliophilie, eut un air des plus surpris et tonna :

— Soffiami in culu ! Je n'avais jamais entendu parler de cette histoire-là.

Puis, moqueur, il l'interrogea.

— Et qu'est-ce qui lui est arrivé finalement à cet Olibrius-Brutus-Judas-là ?

— Tout comme le Romain, il a fui, lui répondit Fanny. Dès que son forfait fut découvert en France et qu'il en fût mis au courant par l'un de ses amis proches, Prospère Mérimée justement, le comte Libri s'est exilé à Londres et a échappé ainsi à la justice française en emportant néanmoins dans ses malles trente mille livres et manuscrits. Il fut ensuite condamné par contumace, mais, dans son pays d'accueil, fit fortune en revendant le produit de son prétendu larcin. Prétendu, car les tribunaux anglais sollicités par les Français décidèrent en effet qu'aucune autre preuve que de vagues témoignages ou des dénonciations anonymes ne permettait de soutenir l'hypothèse que cet homme-là avait volé leurs livres. Aussi, à leurs yeux, à leurs yeux peut-être un peu moins aveugles que ceux des juristes français, vu que Libri y avait revendu plusieurs livres rares à des gens fort haut placés – tout plein d'aristocrates et de politiciens ou de notables aussi riches qu'influents dans la « perfide Albion » –, à leurs yeux donc, ce n'était qu'un délire de xénophobes. Ce qui était possible aussi cela, bien sûr. Une folie de racistes qui voyaient dans cet Italien exilé – qui avait fait son chemin et réussi –, un ennemi à abattre dont on voulait prendre à la fois la place, la fortune et les biens. Le comte Libri demeura donc en Angleterre pendant plusieurs années avant de retourner mourir dans son Italie natale, à Florence, en 1869. Depuis cette époque, toutefois, conclut Fanny, certains livres ont été rendus à la France, mais uniquement ceux dont les spécialistes en bibliophilie ont pu prouver qu'ils y étaient présents et avaient été dérobés par ce noble... déchu depuis lors de sa Légion d'honneur.

Là-dessus, le Français, énervé d'entendre une telle histoire d'injustice envers... envers la France, s'exclama haut et fort :

— Ce qui est la moindre des punitions, ça !

Puis, rigolard, en regardant son ami Bob et en prenant un air furieux, il balança :

— Quel bachi-bouzouk ! Quel sapajou ! [32]

Une nuit agitée

« Et d'un ! » se réjouit Tchu.

Plus jamais Karel Van Orst n'aurait la langue trop pendue. Car le déménageur gisait à présent à ses pieds, mort d'un seul coup de manchette à la nuque. Ne lui restait plus qu'à maquiller son crime afin de le faire paraître pour un accident. Chose assez aisée au demeurant, vu qu'il se trouvait dans un garde-meuble rempli d'objets lourds. Des armoires, par exemple. Soit des objets qu'il pourrait facilement mettre à profit pour faire croire que le déménageur en avait reçu un, par mégarde, sur le crâne. Lieve Peeters, seconde sur sa liste, n'aurait donc pas à l'attendre trop longtemps. Car, en dépit du fait qu'il était petit et pas bien épais, 1 m 60 et des poussières pour 62 kg, le serviteur du

---

[32] Cavalier mercenaire de l'armée turque – petit singe d'Amérique du Sud.

Tao n'en était pas moins aussi fort qu'un bœuf et aussi agile qu'une anguille surtout. Aussi le rônin eût-il tôt fait de réaliser sa petite mise en scène… qui fonctionnerait à merveille. Tout le monde serait en effet persuadé, au moins jusqu'après l'autopsie, si autopsie il y avait, qu'il s'agissait d'un stupide accident dû à la distraction ou à la malchance, voire au destin. Dès qu'il eut réalisé cette importante étape de son plan, le serviteur partit alors pour la demeure de Lieve et, toujours vêtu de son costume de ninja bordeaux – pas noir –, dès qu'il eut pénétré dans sa demeure, se faufila à pas de loups jusque la chambre à coucher de la vieille dame… qui était vide.

— Bakayarô ! ragea-t-il contre lui [33].

« Mes commanditaires auraient dû me donner plus de renseignements et de temps », songea-t-il ensuite.

L'information, c'est essentiel. Or, le serviteur en manquait cruellement et n'avait pas eu le temps d'en chercher déjà, car il avait été mandé pour agir le plus rapidement possible, soit le jour même de son arrivée en Belgique. Puis lui qui, d'ordinaire, refusait les jobs de dernières minutes, au lieu d'augmenter ses tarifs, trop confiant dans ses capacités et sa chance, réelles, certes, il aurait dû plutôt refuser… puisqu'il risquait sa réputation, c'est-à-dire la chose la plus importante dans son métier d'assassin. En même temps, à cause de cela, à cause de ce cruel manque d'informations, personne ne pourrait réellement lui reprocher quoi que ce soit, se rassura-t-il en sortant de la chambre à coucher vide. En outre, il avait une autre

---

[33] Connard, en japonais.

tâche à accomplir ici de toute manière. Il lui fallait trouver une armoire en partie cassée, en chêne, sans doute déposée dans un appentis ou la remise depuis qu'elle avait été brisée par Van Orst quelques jours plus tôt puis la réduire en cendre. Pourquoi ? Il n'en avait aucune idée et n'en avait cure de toute façon… parce qu'il était payé et bien payé pour le faire, point ! Grâce à ses lentilles de contact à vision nocturne, il n'avait guère besoin d'une lampe. Mais, dès qu'il s'en était approché, il s'était rendu compte que, s'il devait fouiller entièrement l'intérieur de la demeure de Lieve, étant donné la grandeur de celle-ci et tout ce qui y traînait de-ci de-là comme babioles et souvenirs de voyages, cela lui prendrait toute la nuit. Parce que la maison de Lieve Peeters, à vrai dire, n'était ni petite ni dénuée de tout plein de trucs qui servent aux gens à se rappeler leur vie et leurs amours surtout ; autant de semences qui leur permettent de se réjouir un peu d'exister ou d'avoir existé. Il s'agissait d'une ancienne maison de maître à trois étages, dont chacun faisait au bas mot deux cents mètres carrés. Deux cents mètres carrés tout emplis de pièces dont les murs étaient couverts de brols [34] et de souvenirs des voyages autour du monde qu'avait réalisé Lieve du vivant de son époux. Des babioles et des souvenirs auxquels s'ajoutaient toutes sortes de peintures ou de vases plus ou moins précieux. Le tout encombré de tout plein de meubles, armoires, tables, chaises, fauteuils et divans, etc., d'un peu toutes les époques et tous les styles, constata-t-il non sans ressentir un certain dégoût pour cet éclectisme douteux. Quant à la propriété elle-même, le

---

[34] Mot d'argot belge fort répandu qui signifie du barda, de la pagaille, du désordre.

terrain donc, il s'agissait d'un joli parc, bien entretenu, d'un hectare environ qui encerclait la haute et large bâtisse dans lequel un bosquet de saules dorés s'étendait mollement en laissant ployer leurs branches jusqu'au sol tandis que se dressaient aussi plusieurs dépendances telles qu'une écurie – Lieve possédait encore une jument, une fidèle amie qu'elle ne montait plus depuis des années, vu leur grand âge à toutes les deux, mais qu'elle visitait et bichonnait encore tous les jours par contre –, une grange ainsi qu'une remise. Heureusement, d'après ce que lui avaient confié ceux qui l'employaient, le serviteur savait que le meuble qu'il recherchait ne se trouvait probablement pas dans la maison, plutôt dans l'une des dépendances. Aussi ne perdit-il pas de temps à l'inspecter minutieusement, seulement y jeter un coup d'œil au cas où. Et pas pour voler quoi que ce soit puisqu'un assassin professionnel n'est pas payé pour cela et ne le commettrait, éventuellement, que si ce vol n'entraînait pour lui aucun risque. Or, bien que Lieve possédât toutes sortes d'objets luxueux, des objets qu'il eût pu revendre à un très bon prix au marché noir, et en dépit de ce que ce rônin avait abandonné le bushido, le code sacré des samouraïs, jamais il n'avait été un voleur dans l'âme, seulement un maître d'armes et une arme vivante, ai-je dit, qui souhaitait de servir au lieu de demeurer sur un mur ou dans une vitrine, voire dans un placard.

« En revanche, avant de chercher ce bidule, autant déjà préparer le final ! » songea-t-il alors avec résolution.

Il ne lui fallait pas traîner, en effet, puisqu'il avait encore une maison à visiter cette nuit-là, à Rendeux, en

Wallonie... Il chercha la cuisine au rez-de-chaussée et y découvrit des produits inflammables qu'il plaça non loin de la gazinière. Tout était donc prêt pour sa nouvelle mise en scène, hormis un détail, trouver le meuble que ses commanditaires lui avaient ordonné de détruire. Aussi sortit-il inspecter la grange tout d'abord, vide, puis la remise... dans laquelle les débris de l'armoire qu'avait fait malencontreusement tomber le désormais regretté Karel Van Orst attendaient qu'on les conduisît chez... chez Bob Lesage, en fait. Lequel avait proposé à Fanny de la remettre en état uniquement pour ses beaux yeux ; au propre comme au figuré.

— Bon ça, très bon ! marmonna le serviteur. La remise est accolée à la maison, ce sera donc d'autant plus aisé à faire partir en fumée dans la foulée du bel incendie que je viens de préparer.

Ensuite, il retourna dans la cuisine, ouvrit le robinet d'alimentation du gaz puis, avec un poinçon de carrossier, fit un trou dans le tuyau en caoutchouc qui le menait vers la gazinière. Enfin, juste avant de quitter la pièce, il laissa une fenêtre entrouverte. Une fenêtre entrouverte par laquelle, quelques minutes plus tard, il enverrait une allumette ; seul détail qui pourrait, éventuellement, être découvert au cas où la police soupçonnerait quelque chose. Ce qui n'était pas certain tout de même et lui laisserait de toute façon le temps de repartir au Japon ou de demeurer encore en Europe sans risques si jamais ses commanditaires le lui demandaient... et le payaient pour ce faire.

Dans son rétroviseur, tandis qu'il s'éloignait de la propriété de Lieve au volant de la voiture noire qu'il avait louée et garée un peu en retrait dans le chemin de terre qui la longeait en partie, fort satisfait de lui, Tchu Tao put constater avec délices que son « accident » donnait un fort bel effet de lumière et de couleurs au ciel nocturne. Un bel effet de couleurs qui, s'il ne s'était pas agi de toute sa vie qui partait en fumée, aurait probablement beaucoup ravi les yeux de Lieve Peeters, elle aussi. Un bel incendie qui donnerait du travail jusqu'au matin aux pompiers de la région par contre. Deuxième chose accomplie donc... ou presque ; il réglerait son compte à la vieille plus tard au besoin...

Finalement, moins de deux heures lui furent nécessaires pour atteindre le petit village wallon de Rendeux, là où vivait Bob Lesage. Toutefois, sans qu'ils ne lui aient fourni la moindre explication quant à leurs raisons, ses commanditaires ne lui avaient pas demandé d'y accomplir ce pour quoi, généralement, on louait ses services réputés, à savoir prendre la vie de quelqu'un. Au lieu de cela, curieusement à ses yeux, lui qui était surtout connu pour être aussi implacable que rapide et malin dans l'art d'offrir la mort, ceux-ci n'avaient exigé de lui que d'y voler des informations et d'y prendre des photographies. Mais des clichés de quelque chose de précis cependant.

— Une peinture, avaient-ils précisé, ainsi que tout ce que vous pourrez découvrir sur l'ordinateur de ce Bob Lesage.

Constat

— Et tu as pu voir de qui il s'agissait ? l'interrogea Alex.

Bob, encore sous le choc, lui répondit :

— Non ! Je n'ai vu que son dos… et… et son costume de… de ninja.

Un mot après lequel, à cause du cinéma qui a mis en valeur ce genre de déguisement, Fanny supposa :

— Un plaisantin sans doute… ou un gosse du village peut-être.

Mais les deux hommes qui avaient veillé personnellement à l'installation de tous les systèmes de sécurité dont bénéficiait la maison de Bob, d'une même voix s'exclamèrent :

— Pas possible ! Il y a des systèmes dernier cri un peu partout ici.

Vu que sur tous les murs de la demeure de Bob, mis à part son atelier, se trouvaient exposés tout plein d'objets de valeurs et anciens, dont de superbes masques africains à vocation ésotérique qu'Alex lui enviait un peu, ils avaient effectivement été forcés, par les assurances, de placer plusieurs systèmes ultras sophistiqués pour en assurer la sécurité.

— Y a pas grand monde qui peut se vanter de pouvoir rentrer ici sans mon accord, ajouta Bob. Même une souris aurait difficile de pénétrer ici... alors, un gosse ou un plaisantin ?

— Soit ! Mais... mais comment expliquer cette effraction alors ? demanda la Flamande. Et... t'as ton dérobé quelque chose en fait ?

— Pour l'effraction, j'ai demandé à Éric, qui a des notions en informatique et en électronique, de vérifier les différents systèmes. Ce qu'il est en train de faire. Quant à un vol éventuel, pas que je sache, non ! En tout cas, rien ne manque dans l'atelier puisque c'est de là que j'ai vu mon visiteur nocturne s'enfuir. Ah, si j'avais été plus prompt à sortir du lit lorsque l'alarme s'est déclenchée, regretta-t-il soudain en secouant la tête de dégoût, j'aurais sans doute pu l'alpaguer ! Mais, que voulez-vous, trop confiant dans ces sécurités informatiques et électroniques qui nous gouvernent, j'ai pensé qu'il s'agissait du petit Milou, mon chien, qui faisait des siennes ou de Sensuella, ma chatte, qui courrait après une souris ou un rat des champs.

Ce à quoi répondit l'Anversoise d'un ton presque prophétique :

— Cette confiance qui nous aveugle si souvent finira sans doute par avoir raison de nous et de notre conscience surtout...

— En avant pour un tour de naturalisme à la sauce hippie ! lui jeta alors au visage Alex, en se foutant de sa poire. Eh, cocotte ! Achète pas de portable ni de voiture si tu veux faire de la morale écolo-bobo à la sauce retour aux sources !

Mais la Flamande ne réagit pas à la réprobation pour le moins assez véridique de son ami français. Elle n'avait d'ailleurs pas dit cela dans le but de les adeptiser à quoi que ce soit comme prétendue philosophie ou mode de vie bio prétendument cathartique [35]… et salutaire de ce fait ; uniquement en souvenir d'un livre qu'elle venait de terminer. Aussi ne l'admonesta-t-elle pas plus qu'en lui offrant seulement un visage mécontent.

Ce matin-là, ils s'étaient retrouvés autour du petit-déjeuner dès sept heures. Et Bob leur avait appris une bien mauvaise nouvelle. Durant la nuit, vers quatre heures du matin, il avait été brusquement tiré du lit par l'une des nombreuses alarmes qui parsemaient sa demeure, mais une qui donnait uniquement dans sa chambre ainsi que dans celle d'Éric, son homme à tout faire ; malheureusement absent ce soir-là, en visite chez son fils du côté de Mons. Cependant, Bob avait cru qu'il s'agissait de l'un de ses animaux de compagnie, au demeurant tout à fait capable d'être à l'origine d'un tel événement… cela n'aurait pas été la première fois. Aussi avait-il traîné un peu en demeurant dans quelques songes accrochés à lui en dépit de son brusque réveil. Quelques songes de trop cependant étant donné que, dès qu'il s'était tout à fait réveillé et qu'il avait bondi à la fenêtre afin d'apercevoir ce qui se passait, il n'avait distingué qu'une vague forme un homme assez petit revêtu d'un costume de ninja. Un petit ninja qui sortait de son atelier puis s'enfuyait ventre à terre en direction de la porte, mais dans un mouvement si… si félin qu'il en avait écarquillé les yeux d'admiration ; entendant tout de

---

[35] Qui purifie.

suite après le moteur d'une puissante voiture vrombir tout d'abord puis celle-ci démarrer plein gaz.

L'homme à tout faire de Bob, Éric Lejoin, dès qu'il eut terminé de vérifier les systèmes informatiques de sécurité de la maison, revint prévenir illico son patron toujours dans la cuisine ; une pièce qui paraissait si rustique que, dès qu'un inconnu y pénétrait pour la première fois, il avait tout de suite la curieuse impression d'être soudainement plongé deux ou trois siècles en arrière au moins. C'était un grand gaillard aux larges épaules de 35 ans et aux longs cheveux ondulés châtain foncé tout comme sa barbe d'ailleurs, le tout lui donnant l'air de tout droit sortir du célébrissime concert hippie de Woodstock – un style qui s'accordait assez avec son nom de famille d'ailleurs –, mais mieux charpenté tout de même que la plupart de ceux-ci à cause des travaux divers qu'il accomplissait, entre autres choses, à la ferme depuis ses quinze ans ainsi que sa pratique assidue de la course à pied, de la marche et du body-building ; passion qu'il avait en commun avec Alex donc. Mais, avant de lui faire son rapport, d'un signe de la tête, Éric salua tout d'abord les deux amis de son employeur, des amis fidèles que tous les domestiques de Bob connaissaient depuis longtemps, puis en profita en même temps pour réjouir ses yeux, entre autres choses, en scrutant la jolie métisse qui était en tenue des plus légères. Car Fanny, en train d'engloutir un croissant avec un plaisir évident, portait ce matin-là une nuisette en fines dentelles grâce à laquelle tous les hommes de la maison pouvaient déguster ou se repaître du regard de deux des cinq fruits réputés nécessaires à la santé dès le petit matin…

— Mauvaise nouvelle, patron ! commença-t-il ensuite en tâchant de détourner les yeux de cette petite coquine de Flamande. Non seulement quelqu'un est parvenu à s'introduire dans le système, mais il y a aussi tout bousillé. Il faudra donc au moins trois jours pour vérifier puis tout réparer, se fâcha-t-il. En revanche, si ce genre de réparation est possible, rien ne garantit que ce voleur ne puisse pas recommencer, car je n'ai pas découvert comment il a pu réaliser cet exploit en si peu de temps.

— Grâce à une connexion satellite à un réseau d'ordinateurs dédiés à cela, intervint alors Alex.

— Et donc ? fit Bob en direction de son homme à tout faire.

Lequel homme était par ailleurs lui-même fort au courant de cette possibilité que venait d'énoncer judicieusement le Corso-Normand.

— Et donc, reprit-il, puisque ne connaissant pas la ou les failles du système qu'a pu exploiter ce hacker pour briser le code de sécurité, je ne parviendrai pas à la ou les faire disparaître. En outre, j'ai aussi été vérifier l'ordinateur de l'atelier, comme vous me l'avez demandé, et, là aussi c'est une mauvaise nouvelle, patron. Quoique de moindres conséquences, signala-t-il ensuite sans savoir que ces conséquences-là seraient pires finalement. Quelqu'un s'y est introduit à 3 h 41 précisément et y a copié l'ensemble des données.

Fanny, qui venait de terminer son troisième délicieux croissant au beurre que leur avait ramené Alex du pays des croissants merveilleux, le sien, demanda soudain :

— Et la peinture ?

En entendant cette question, Éric, qui la regarda donc de nouveau « bien en face », lui répondit alors ceci :

— Elle est... elle est toujours à... à sa place et... et ne paraît pas avoir été manipulée... peut-être seulement... euh... photographiée, qui sait ?

Or, s'il avait balbutié, c'était parce que ses yeux avaient soudain découvert avec ravissement la jolie petite culotte jaune qu'avait enfilée, sous sa nuisette de dentelle, la délicieuse coquine. Chose que comprenaient parfaitement son patron et Alex...

Amandine, la toute dévouée cuisinière et femme de chambre, toute de rose vêtue, se permit alors de rentrer afin de desservir la table sur laquelle venait de petit-déjeuner le trio. Alex la gratifia au passage d'un large sourire réjoui... qu'elle lui rendît tout en tournant un peu la tête et en rougissant un peu. Car elle connaissait ce genre d'oiseau là et s'en méfiait, mais n'était pas non plus totalement insensible aux charmes et au bagou légendaire du Français. Et, tandis qu'Éric ressortait s'occuper des chevaux, que Bob allait enfiler autre chose que son pyjama bleu foncé, qu'Alex, déjà vêtu d'un jogging noir, continuait d'admirer les formes potelées de la rose Amandine et que Fanny, en dentelles et en culotte jaune, avalait un café bien tassé, la domestique s'activa donc, en dandinant de ses grosses fesses tout à fait au goût du Normand, à tout nettoyer avant qu'ils partissent. Méticuleusement, elle rangea tout d'abord les couverts dans un superbe meuble à tiroir en hêtre vernis, replaça les tasses dans un vaisselier en acajou reluisant, rangea ensuite les serviettes de table qui n'avaient pas servi dans un autre meuble ancien en chêne puis raviva le foyer ouvert de l'âtre antédiluvien toujours en fonction cependant en y déposant deux belles grosses bûches de charme. Ceci étant fait, en jetant de nouveau un coup d'œil en direction du Français qui, comme par hasard, était en train de la regarder lui aussi et rosi presque à son tour, ce qui était pour le moins fort inhabituel de sa part, Amandine ressortit de la cuisine afin d'aller faire les chambres.

Ensuite, dès qu'il fut revenu dans la cuisine, la première chose que fit Bob fut de leur exposer ses propres questions. Pourquoi, vu qu'il lui avait été si facile d'entrer dans son atelier, le ninja n'avait-il rien volé ni détruit sur l'ordinateur ou dans son atelier ? Pourquoi s'était-il contenté de copier les scans qu'avait faits Alex du message ainsi que ses résultats ? Et pourquoi, surtout, avait-il fait retentir l'alarme qu'avait fait placer Bob juste en dessous d'un joli coffret en ivoire et en ébène qu'il y gardait précieusement et qui retentissait dès que quelqu'un le déplaçait sans avoir débranché cette alarme ?

Bob Lesage se tourna ensuite vers ses deux amis et, d'un ton fort sérieux, leur déballa le programme du jour :

— J'ai reçu une réponse de la part de l'un de mes contacts qui accepte de m'en dire plus à propos de l'armoire de Lieve. Il me donne rendez-vous à Louvain-La-Neuve, cet après-midi même. Aussi ne serait-ce pas mal si, pendant que je m'y rends, tu pouvais te remettre au boulot, Alex. Quant à toi, Fanny, tu pourrais peut-être te rendre à Leuven afin d'en apprendre plus quant à ce vol d'incunables qui y aurait eu lieu en 1835. Si du moins cela t'est possible, évidemment ?

Demande après laquelle, Fanny, en se levant pour aller s'habiller plus décemment, s'essaya bien à un petit coup de « que le grand Cric me... », mais, au vu de la tête de ses compagnons ce matin-là, elle n'alla guère plus loin. Ce n'était vraisemblablement pas le moment de plaisanter en dépit du fait, heureux, que rien n'eût été dérobé ni détruit. Toutefois, elle déchanterait un peu et n'aurait plus trop envie de plaisanter non plus lorsque, début d'après-midi, son collègue journaliste Christiaen Devroom lui apprendrait le décès, accidentel, de monsieur Van Orst puis l'incendie tout aussi accidentel de la maison tout entière de sa grand-tante Lieve...

Un maudit coffret

— Kuso ! Chikushô ! Yarô ! [36] s'injuriait en soliloquant le serviteur du Tao au volant de sa voiture louée.

Tout en roulant vers Bruxelles, étant déjà sur l'autoroute à plus de 130 km à l'heure, il se vilipendait parce qu'il ne comprenait toujours pas ce qui lui avait pris chez Bob Lesage. C'était la première fois, en effet, qu'il lui arrivait quelque chose de semblable par ailleurs. Un tel désir. Un désir si irrépressible qu'il l'avait conduit à commettre une

---

[36] M... ! P... ! Connard !

incroyable erreur. Plus qu'une erreur même, une véritable bévue. Mais pourquoi donc, lui, d'ordinaire si strict avec son propre code de travail, avait-il pu se laisser entraîner à cela ? se demandait-il désappointé ; à savoir vouloir toucher cet objet qui l'attirait sans avoir pris la peine de vérifier s'il n'était pas protégé par un système d'alarme. Ce qui était le cas puisqu'il avait été aperçu dès qu'il était sorti de l'atelier de restauration qu'il avait été chargé de visiter ce soir-là. Tout d'abord, pénétrer dans le système de sécurité du bâtiment avait été un jeu d'enfant. Comme l'avait suggéré Alex à ses amis, le rônin était en ligne directe avec un satellite qui l'avait mis en contact non pas avec plusieurs milliers d'ordinateurs piratés, ce que font généralement les hackers, mais cinq seulement… qui lui appartenaient tous. Cinq ordinateurs quantiques capables d'effectuer des milliers de millions d'opérations en même temps, contrôlés par une I.A. surpuissante grâce à laquelle il lui était des plus aisés – et rapide surtout – de pénétrer dans des systèmes parfois réputés inviolables. Ensuite, se rendre dans l'atelier discrètement, après avoir aussi délicatement que silencieusement crocheté la serrure, ne lui avait pas pris plus de cinq minutes tellement il était aguerri à ce genre d'opérations. Puis copier les données du P.C. après avoir franchi toutes ses protections et photographier la peinture – assez moche à ses yeux – qui séchait sur une des tables de travail de cet atelier au demeurant parfaitement rangé et propre, ne lui avait pas demandé plus de temps. Mais, là, subitement, alors qu'il s'apprêtait à repartir sans comprendre pourquoi ses commanditaires ne souhaitaient pas de voler cette peinture et de détruire toutes les informations du P.C. après avoir dérobé le papier sur lequel avait été écrit le chiffre original – ce qui aurait été plus simple et aurait empêché ces gens de continuer leurs investigations –, là, soudain, ses yeux bridés s'étaient posés sur un coffret. Un simple coffret. Un coffret qui devait être âgé de quelques siècles, magnifique, dont toutes les parois d'ivoire et d'ébène étaient gravées. Or, tel un aimant attire le fer, ce coffret l'avait alors attiré à lui. Il en était à présent persuadé. Et cela d'une manière si intense et si puissante qu'il s'était retrouvé devant lui en moins de temps qu'il ne faut pour le dire, déjà tout prêt à l'emporter même, contre tous ses principes et donnant ainsi raison aux vers du célèbre poète romantique, Lamartine, lorsqu'il écrit : « Objets inanimés, avez-vous donc une âme, qui s'attache à notre âme et la force d'aimer ? » Mais, au dernier instant, ayant toutefois soulevé un peu le coffret et s'être rendu compte, à ce moment précis, de la bêtise qu'il venait de commettre, Tchu Tao avait relâché tout de suite ce maudit coffret, avait tourné les talons et avait fui à toutes jambes…

« Ouf ! songea le serviteur dès qu'il vit le panneau lui annonçant qu'il arrivait à sa destination. Pourvu qu'ils soient déjà au rendez-vous… »

En effet, il avait rendez-vous ce jour-là avec ses commanditaires afin d'obtenir d'eux, entre autres choses, de plus amples informations quant au sort de Lieve Peeters. Lieve Peeters qui, étant absente de son domicile ce soir-là, lui avait donc échappé. Devrait-il la rejoindre ou l'attendre pour l'éliminer elle aussi ou l'incendie du meuble et de sa demeure suffisait-il ? Aussi leur avait-il fixé rendez-vous en personne, une chose exceptionnelle, mais pas complètement inhabituelle, afin à la fois de leur donner déjà ce qu'il avait obtenu comme informations et clichés chez le restaurateur puis d'en apprendre un peu plus sur sa ou sur ses futures missions éventuelles. Par contre, il ne souhaitait pas que ceux-ci connaissent son visage et pas plus lui de voir les leurs. Ce qui fait qu'ils devaient se retrouver dans un lieu sombre et discret puis tous cagoulés de surcroît. Et, afin de se livrer à ce genre de mascarade sans attirer les curieux ou les ennuis, ils avaient évidemment plutôt choisi de se donner rendez-vous dans un lieu discret, la forêt de Soignes, plutôt que dans la ville elle-même. Une superbe forêt, au demeurant, de plus de 4.000 hectares, qui s'étend sur plusieurs communes en y grouillant d'essences d'arbres et d'animaux de toutes sortes encore sauvages.

Le serviteur du Tao gara tout d'abord le véhicule qu'il avait loué, une puissante Volvo, replaça sa cagoule bordeaux de ninja puis, avant de sortir de sa voiture, jeta un rapide coup d'œil sur les environs. Ravi, il constata que deux personnes l'attendaient déjà. Deux personnes qui s'étaient dissimulées près de l'entrée de la forêt. Deux personnes – un homme et une femme, crut-il discerner dans la pénombre de l'aube naissante en s'approchant d'elles –, qui étaient revêtues l'une et l'autre d'une toge foncée, de couleur marron. Une toge dont la capuche rabattue leur masquait complètement le visage. Or, ces deux toges, juste au niveau du cœur, arboraient un bien curieux signe, remarqua Tchu dès qu'il fut à deux mètres à peine d'eux ; qui ne l'avaient toujours ni vu ni entendu tellement il savait se faire invisible. Il s'agissait d'un classique pentacle, mais au centre duquel un œil était grand ouvert. Un œil, l'image d'un œil, dont une flamme d'or paraissait faire pétiller la pupille…

Un premier pas… en arrière.

À bien des égards, le trio que formaient Bob, Alex et Fanny ressemblait très fort à l'image qu'offrit au monde Socrate le philosophe jadis en parlant, sous la plume de son disciple Platon, de l'esprit humain. Ce sage de l'antiquité grecque, au demeurant réputé fort laid et très excité du bulbe, mais fort intelligent par contre, aurait effectivement soutenu que l'esprit humain est semblable à un attelage conduit par un cocher – Fanny, l'intelligence rationnelle par excellence de ce trio en dépit de son goût pour les sports extrêmes –, mais tiré par deux chevaux ailés qu'opposent leurs objectifs et modes de vie. Deux chevaux, dont l'un, le blanc – à savoir Bob –, est déterminé surtout par des sentiments élevés et conduit par sa volonté de se dépasser lui-même, tandis que le second, le noir – Alex donc –, est attiré, pour sa part, surtout par la terre… par la matière donc, par les plaisirs des sens, par la « hyle », disait-on alors. Or, si tous les trois étaient intelligents, il est vrai qu'Alex avait tendance à se laisser aller aux divers plaisirs de la vie en considérant que, puisque l'on ne vit qu'une fois, c'était autant de s'en gaver. Tandis que Bob, quant à lui, se laissait souvent entraîner par son amour pour les objets en bois, certes, mais plus par respect du travail qu'ils avaient coûté et de leur beauté, de l'art du faire et du paraître donc, que pour leur valeur financière. En outre, son désir pour Fanny ne devenait-il pas tous les jours un peu plus fort ? N'était-il pas en train de se transformer tout doucement en amour véritable ? Bref, si Alex représentait le côté désir languissant et émotions brutes de coffrage de cet attelage, Bob faisait plutôt penser à celui des nobles aspirations tandis que Fanny était l'incarnation du juste équilibre entre ces deux tendances. N'était-elle pas, par exemple, bardée de diplômes puis championne déjà de tout plein de sports au nom imprononçable parfois, ne buvant à peu près jamais, hormis une bière d'Orval de temps à autre, ne fumant pas non plus – ce que faisait Bob parfois lorsqu'il était particulièrement nerveux –, se droguant encore moins et militant pour tout plein de causes qu'elle défendait bec et ongles dans des articles souvent aussi incendiaires que bien écrits, révélateurs et véridiques ? Car elle était véritablement une journaliste d'enquête et pas de celles ou de ceux qui, nombreuses et nombreux de nos jours, se contentent de recopier les dépêches des agences de presse du genre A.F.P., Reuters ou Belga, etc. Aussi, vu qu'ils étaient eux-mêmes au courant de cette répartition idéale de leurs forces et de leurs faiblesses – mais savaient aussi bien l'un que l'autre, en même temps, qu'ils n'étaient pas non plus tout à fait ni le cocher, ni le cheval blanc, ni le noir ; ayant d'autres ressources que de simplement être deux obsédés et un cerveau sur pattes – ni Fanny ni Alex n'eurent-ils donc quoi que ce soit à reprocher au plan que leur ami Bob leur avait exposé dès la fin du petit-déjeuner, à savoir que chacun accomplirait une mission différente afin d'augmenter leurs chances d'obtenir le plus d'informations tout d'abord puis de gagner du temps par surcroît.

Bob irait donc à son rendez-vous. Étant d'un naturel avenant, il avait d'ailleurs l'art et la manière de créer une espèce de lien d'empathie entre les personnes avec qui il se retrouvait. Une sorte de pouvoir tacite en lui, inconscient et puissant, qui leur avait été des plus utiles plus d'une fois. Un lien qui faisait se confier à lui un peu n'importe qui. Il était donc le personnage le plus à même de tirer les vers du nez de gens appartenant à une société dont les membres sont réputés fort peu loquaces. Quant à Alex, en logicien et matérialiste convaincu qu'il était, puis grand amateur de cryptages, il continuerait, évidemment, à tenter de décrypter le message qu'ils avaient découvert. Un cryptage que, de toute manière, il était bien le seul des trois à pouvoir « briser ». Enfin, Fanny, ancienne étudiante émérite de l'Université de Leuven était de ce fait la personne la mieux placée du trio pour mener une petite enquête dans son ancienne université. Une école dans laquelle elle avait d'ailleurs laissé d'elle d'excellents souvenirs et de très bons contacts amicaux ou professionnels. En outre, avaient-ils fini par comprendre tous les trois sans avoir besoin d'en parler réellement, si la personne qui avait copié les fichiers d'Alex concernant le message crypté parvenait, avant eux, à décrypter les informations qu'ils contenaient puis qu'il comprenait que la peinture était certainement une carte allégorique, ils se feraient doubler ; chose qu'ils ne souhaitaient guère !

Ainsi firent-ils donc ce jour-là. Ensuite, selon ce qu'ils avaient convenu, dès le soir venu, vers 18 h à peine durant le mois de novembre en Belgique, en fait, ils se retrouvèrent dans un restaurant de Namur, à la place du Vieux Marché ; la plus ancienne place médiévale de la ville. Une jolie place carrée d'une trentaine de mètres de côté au centre de laquelle dort, inactive, une ancienne fontaine de pierre. Mais une placette ancienne sous laquelle gisent aussi, ce que fort peu de touristes savent, vu que l'on n'en fait pas la publicité, tout plein d'ossements. Ceux des cadavres qui reposaient autrefois dans le cimetière de la petite église Saint-Jean dont la porte d'entrée donne sur cette placette. Par contre, vu qu'il faisait froid ce jour-là, cette placette d'ordinaire si bruyante, puisque haut-lieu des guindailles estudiantines et parsemée de cafés pour jeunes était tout particulièrement vide et calme. Qui plus est, un léger brouillard, encore une brume seulement à cette heure-là, mais qui ne tarderait sans doute pas à s'épaissir au cours de la soirée, au lieu de lui donner le masque du charme, lui donnait l'air de sortir d'un film d'épouvante de série B. Ce qui explique pourquoi les trois membres du trio de la B.A.F. étaient tous rentrés dare-dare dans le café-restaurant qui leur servait de lieu de rendez-vous sans prendre un moment, soit il court, pour trouver jolie ou agréable cette petite place namuroise qu'ils voyaient peu à peu être mangée par le brouillard et la nuit ; une placette aux maisons si anciennes et aux façades si jolies que même les Flamands de Bruges ou de Gand, deux cités particulièrement bien pourvues en trésors architecturaux, apprécient pourtant.

Or, à cause de l'excellente réputation de sa cuisine, le café-restaurant dans lequel le trio s'était retrouvé était déjà bondé.

— Pas de choucroute pour toi, alors ? plaisanta Bob en s'adressant à Alex qu'il savait détester ce si bon plat.

Ce plat pourtant de circonstance durant les saisons froides.

D'un geste répété plusieurs fois de dénégation de la tête et en faisant la moue, Alex lui fit comprendre qu'il en était hors de question.

— Un bon magret de canard à l'orange plutôt et... et des frites, évidemment !

Ensuite, dès qu'ils furent servis, que Bob eût reçu sa choucroute garnie, spécialité de ce restaurant-là, Alex son canard et Fanny une volumineuse salade, tout en se délectant de ces si délicieux plats, ils se mirent à faire le point sur ce qu'ils avaient découvert l'un et l'autre durant la journée. Ce fut Bob qui ouvrit le bal des révélations et histoires un peu bizarres :

— Si tu le permets, Fanny, je vais commencer par expliquer à notre ami Alex un peu d'histoire belge, une fois n'est pas coutume, proposa-t-il de manière toute rhétorique. Parce que je ne sais pas trop ce qu'il en connaît et que, en France, vu l'étendue de l'histoire de ce pays, il y a fort à parier que l'on y apprenne que très peu l'histoire de petits trous du cul du monde comme le nôtre, voire pas du tout. Un petit trou de balle de la planète qui est surtout connu pour ses moules-frites, son chocolat, ses bières, son Manneken pis, son Atomium et... et pas grand-chose d'autre, en fait, si ce n'est qu'il abrite des bâtiments maudits par un fort grand nombre d'Européens ; tout plein de bureaux de l'Europe des puissants, des fraudeurs, des filous, des sbires, des cocaïnomanes et du pognon surtout...

Alex et Fanny acquiescèrent, l'un pour sa remarque plutôt véridique quant à la connaissance de l'histoire de Belgique et l'autre pour la fin de son discours. Fanny savait de toute manière que leur ami Bob aimait tout particulièrement étaler ses connaissances à propos de l'histoire de leur pays qu'il connaissait fort bien, mais aussi qu'il les racontait très bien ces histoires-là ; ce qui ne gâche rien pour quelqu'un qui, comme elle, était amené à en écrire des tas pour vivre.

— L'histoire de Louvain-La-Neuve, déclara Bob, soit la ville la plus récente du Royaume, depuis 1666 tout de même et la création de la cité de Charleroi, commence par une révolte. Une révolte linguistique. Effectivement, tu le sais peut-être, mais, en Belgique, durant le premier siècle qui suivit la révolution de 1830, ce fut la langue française qui tint le haut du pavé et fut imposée dans les écoles partout avec plus ou moins de rigueur et d'impact. Or, si, en Wallonie, celle-ci se maintint et fit disparaître à peu près complètement les patois régionaux, ce ne fut pas le cas en Flandre. Au contraire, ces patois s'y mirent à refleurir un peu partout puis cédèrent la place ensuite à la langue néerlandaise, plus rassembleuse. Puisque, comme tous les patois, l'on ne s'y comprenait pas toujours d'une ville à une autre. Ensuite, peu à peu, et notamment après la Grande-Guerre et l'industrialisation massive de la Flandre, cette langue néerlandaise, que tout le monde nomme le flamand, mais qui ne l'est que par adoption, prit tant d'importance dans le nord de la Belgique que la plupart des cités de Flandre abandonnèrent purement et simplement le français, la langue des intellectuels du siècle précédent, à son profit. Enfin, un conflit finit par éclater entre 1967 et

1968. Un conflit qui avait pour origine le fait, indéniable, que les cours de la plus célèbre université de Belgique, celle-là même dont a parlé Fanny, celle de Leuven, étaient en majorité donnés par des enseignants francophones et en français uniquement surtout. Une crise politique éclata. Une crise que les Wallons appellent depuis lors le « Walen buiten » tandis que les Flamands disent « Leuven Vlaams » c'est-à-dire, « wallons dehors » contre « Louvain flamande ».

— O, mulizzò ! les solutions nationalistes sont bien les plus idiotes qui soient ! rugit alors le Français lui-même très au courant de ce genre de problèmes.

Il savait cela puisqu'il était à la fois Corse, par son père, et Normand, par sa mère, soit un enfant de deux territoires qui ne furent pas – et ne le sont pas encore, pour l'un d'entre eux tout du moins – faciles du tout à maintenir dans l'unité linguistique ou politique de sa nation. Là-dessus, Bob, qui savait son ami plus mondialiste que nombriliste, avant d'en venir au fait, reconnut :

— Certes, tu as raison et le problème est loin d'être réglé de nos jours. Tu n'es pas sans savoir que le régionalisme flamand est de plus en plus puissant en Belgique, n'est-ce pas ? Ce sont les Corses de Belgique, en somme, se permit-il finalement d'affirmer d'un ton goguenard.

— Eh là ! fit Alex en le fusillant du regard.

Puis Fanny, gentiment, en imitant l'accent du sud de la France et en adoptant un geste de mécontentement de tout son corps, à la Corse donc, l'admonesta alors à son tour.

— On plaisante pas avé la Corse. O, baullò ! lui lança-t-elle en mimant la grosse voix d'Alex.

Ce qui eut le don de détendre l'atmosphère et de les faire tous bien rire.

— Ainsi, à la suite de cette révolte linguistique, reprit ensuite Bob, Leuven-La-Belle, magnifique cité moyenâgeuse du Brabant flamand, devint-elle, en 1970, Leuven-La-Veuve. Aux yeux des Wallons en tout cas puisque les francophones déménagèrent afin de créer une nouvelle Leuven qui se nommerait Louvain-La-Neuve justement. Une cité de béton à l'origine qu'ils construisirent dans le Brabant wallon cette fois-ci. Et c'est dans cette cité-là, récente donc, et en forme de trèfle à quatre feuilles, soit dit en passant, soit quatre quartiers principaux qui durent se résoudre toutefois à en accepter un cinquième – un quartier rebelle –, celui de la Baraque, que j'ai rencontré mon contact.

Fanny se permit alors :

— Pour information, Alex, ce quartier n'est pas construit en moche, mais est tout rempli d'habitats alternatifs et de gens… euh, hésita-t-elle une seconde, disons… alternatifs eux aussi.

— Ce qui veut dire, expliqua Bob, que ce quartier n'est pas construit en béton et est rempli de toutes sortes de personnes peu conventionnelles. Ce que je confirme. Mais là n'est pas la question. Ce n'est qu'un détail, s'empressa-t-il ensuite de signaler. Bien que, à l'instar de la plupart des quartiers de Louvain-La-Neuve, on puisse atteindre le quartier de la Baraque en voiture…

— C'est une ville essentiellement piétonne sous laquelle les voitures doivent se garer, glissa la métisse à Alex en « stoumeling ».

— … j'ai préféré d'abandonner la mienne à son abord afin de me dégourdir les jambes. Monsieur… euh, vous me pardonnerez de ne pas le nommer par son vrai nom, monsieur X m'y attendait dans sa maison dôme.

Alex parut étonné. Ce que constata la Flamande.

— Mais si voyons. Tu sais, ce genre d'habitat qui ressemble à une demi-bulle, lui susurra-t-elle donc de nouveau du bout des lèvres.

Puis, après un regard interrogatif en direction du Namurois, elle demanda à Bob :

— Et… donc…

Ce après quoi Bob, qui se rendait compte qu'il avait peut-être un peu abusé du genre « visite touristique » au détriment de la narration de ce que lui avait confié son contact, la rassura.

— J'y viens, j'y viens, fit-il. Monsieur X, un homme d'un certain âge, sinon d'un âge certain, est membre de la loge Athéna. Une loge maçonnique récemment constituée à Louvain-La-Neuve, en 2017, mais il fut autrefois membre de celle des Amis Philanthropes de Bruxelles. Loge dans laquelle il a gardé pas mal de relations. Or, si je vous parle de cela, c'est en raison du fait que monsieur X n'est plus un gobiste donc, mais un glurbiste maintenant.

Puis il se tut un instant… aux aguets de la réaction de ses amis qui ne se fit pas attendre.

— Un quoi ! s'étonna Fanny en écarquillant les yeux.

Elle pensait avoir mal entendu ou découvrir encore un mot francophone qu'elle n'avait jusqu'alors jamais encore entendu prononcer ni lu (car elle lisait énormément en effet).

— Mais t'as trop fumé ou quoi dans ton quartier de… de barakis !? insista Alex sur ce dernier mot de patois wallon.

Un mot qui était bien l'un des seuls qu'il connaissait dans cet idiome-là et savait convenir pour parler de gens vivant dans des baraques justement ; des taudis, dit-on en français. Mais le Namurois fit la sourde oreille à cette remarque. Une remarque qui le fit néanmoins sourire, car il ne put s'empêcher d'imaginer monsieur X – un ancien député que 86 ans n'étaient pas parvenus à rassasier –, en train de « tirer sur un bang » [37] ou de fumer un joint, voire de manger du space cake, soit une pâtisserie regorgeant de T.H.C., le principe actif du cannabis, qui vous écroule la cervelle en vous envoyant aux pays des rêves ou de la fausse béatitude. Ce qui eût été possible, certes, vu qu'il y a toujours eu des consommateurs de tout âge, mais que ce monsieur X en question, qui souffrait d'asthme, en dépit de sa grande jeunesse d'esprit, n'eût certainement pas accompli sans douleur ni danger. En outre, étant une personne honorable et intelligente, c'est certain, mais dépourvue d'imagination ainsi que de ce petit côté rebelle qui guide ou soutien souvent les comportements des gens

---

[37] Fumer du hachisch ou de la marijuana grâce à un tube, une douille dans laquelle il ou elle est brûlé(e) puis la fumée refroidie en passant par un fond d'eau.

attirés par l'interdit, jamais monsieur X n'avait touché à ce qu'il désignait assez régulièrement, lorsqu'il se plaignait des mœurs de certains de ses concitoyens, par les termes de poison vert ou de saloperie pour l'esprit… mais que son petit-fils revendait par brouette entière dans la même ville par contre.

— Je veux dire par là que, étant devenu un membre de la loge Athéna, s'expliqua Bob, il ne fait plus partie du Grand Ordre de Belgique, le G.O.B., mais de la Grande Loge Régulière de Belgique, la G.L.R.B. En effet, il y a eu une scission dans la franc-maçonnerie. Une scission qui a donné naissance à cette toute récente obédience.

— C'est peut-être ce qui l'a motivé ou qui lui a permis de te répondre si vite cela, non ? intervint soudain Alex.

Toutefois, pour ce faire, il l'avait employé ce ton glacial. Un ton qu'il avait parfois dès que l'on parlait de ce genre de groupes qu'il considérait plutôt comme des sectes qu'en tant que coopératives des bonnes volontés ou qu'association à but non lucratif « ad beatitudinem omnium [38] ».

— Il s'agirait d'une espèce de guerre des clans en somme… conclut-il du même ton de dédain.

Mais, dès qu'il entendit son ami lui répondre, il fut un peu refroidi à son tour.

— Non ! fut la réponse de Bob, tranchante comme un couperet. Rien à voir. Tu tires trop vite des conclusions et

---

[38] Pour le bonheur de tous.

ce sont, je pense, tes préjugés qui t'y poussent, gronda-t-il même gentiment son ami Alex.

Alex qui fit alors mine basse et se contint de rajouter quoi que ce soit d'autre pendant que Bob continuait de leur en apprendre un peu plus.

— Si je vous ai signalé ce détail, leur dit-il, c'est parce que, d'après lui, la découverte du meuble chez ta grand-tante, Fanny, a fait amplement parler d'elle dans plusieurs loges bruxelloises. Aussi, avant de me contacter, a-t-il demandé l'aval du grand-maître de l'Ordre de Belgique lui-même afin d'en apprendre un peu plus, en premier lieu, de sa propre bouche puis, surtout, de lui demander ce qu'il pouvait m'en confier. Ce sont donc des informations de… de premières mains ou de premières bouches, en quelque sorte, s'esclaffa-t-il d'un air badin. Contrairement à ce que tu parais croire, Alex, soutint-il ensuite sur le ton de la réprobation – mais d'une réprimande déjà pardonnée parce qu'il la savait partagée par le plus grand nombre –, les francs-maçons ne sont pas des gens si secrets que cela… bien qu'ils ne soient pas pour autant des prosélytes acharnés, c'est-à-dire bien qu'ils ne fassent pas de publicité en vue de recrutement ou de porte-à-porte. Il suffit de regarder leurs sites sur Internet pour s'en rendre compte. En outre, si jamais un parrain n'y invitait pas une personne qui souhaiterait d'en faire partie, chose que font les frères lorsqu'ils pensent avoir trouvé un éventuel futur membre de leur confrérie, il suffit de leur écrire, de leur téléphoner ou de leur rendre visite ; les adresses de leurs temples et lieux d'assemblées n'ont rien de secret. Par contre, en ce qui concerne les petits détails croustillants ou les scandales qui touchent ou ont touché l'un des leurs, tout comme l'institution qui leur fut la plus opposée durant des siècles, à savoir l'Église catholique romaine, il est vrai qu'ils demeurent fort circonspects, sinon interdits. Raison pour laquelle monsieur X a jugé nécessaire de demander au Grand-Maître sa permission d'ailleurs.

— Là, je sens que cela va devenir un peu plus intéressant, le coupa Alex en zieutant la carte afin de voir ce que ce petit « bouge » namurois de la place du Vieux Marché proposait comme spiritueux. Ouf ! songea-t-il ensuite dès qu'il y découvrit ce qu'il y cherchait. Ce n'est donc pas une gargote en fait, mais... un cinq étoiles !

Car ses yeux venaient de se poser sur le nom de son poison quotidien, dont il commanda trois verres. Deux pour lui, un pour Bob et une eau plate – et sans sel, s'il vous plaît – pour... pour la crevette, bien sûr.

En même temps, Bob continuait de les instruire.

— Parce que, effectivement, cette armoire qu'a découverte Karel Van Orst est liée à un scandale... bien belge. Un scandale qui est né aux alentours de 1848, soit à la même époque que l'affaire Libri en France et pour des raisons fort semblables. Des raisons liées, en tout cas, à cette affaire de livres volés, les surprit-il. Toutefois, avant de vous parler plus en détail de ce scandale-là, je souhaiterais remonter un peu en arrière, plus précisément en 1823. Puis je vous promets d'être plus concis au final, leur jura-t-il ensuite.

Alex, qui faisait généralement preuve de bien plus de concision que son ami lorsqu'il devait expliquer quelque chose de sérieux, mais était plus loquace que lui lorsqu'il s'agissait de draguer ou de déconner, se moqua alors de lui.

— Cela te changera ! lui jeta-t-il au visage.

Mais Bob, sans rien répliquer, se contenta de hausser les sourcils.

— En 1823, une société littéraire des plus libérale à l'époque, c'est-à-dire progressiste, vit le jour à Bruxelles, continua-t-il de leur expliquer. Elle était née des cendres et des restes de la Société de littérature de Belgique dont le roi Guillaume d'orange avait fait fermer les portes. Or, certains des membres de celles-ci, qui continuaient de se voir en cachette, en formèrent alors une nouvelle, secrètement. Une nouvelle qui prit le nom de société des douze. Douze Belges dont les noms parsèment encore tout plein de rues, soit dit en passant, mais dont plus personne ne se rappelle ni ce qu'ils ont écrit ni même s'ils étaient de bons écrivains. Qu'importe ! Cette première société des douze, progressiste, comportait parmi ses membres fondateurs un journaliste du nom de… Marcellin Jobard [39].

— M.J. ! cria presque Fanny subitement.

Ce que Bob confirma :

— Tu as raison ! Selon monsieur X, l'armoire qui a été retrouvée chez Lieve est bien celle de Marcellin Jobard,

---

[39] Ceci n'est toutefois qu'une hypothèse émise en 1948 par G. Charlier, et pas étayée par des preuves. En outre, l'histoire du vol et du scandale sont une invention de ma part ; jamais les protagonistes « réels », cités ici ou là, ne furent ni des criminels ni ne commirent de tels délits.

M.J., disparue depuis sa mort qui survint en 1861. Or, ce Français devenu Belge de facto dès après la révolution et oublié par tous depuis lors, fut tour à tour litho-graveur, premier photographe belge, grand défenseur des chemins de fer, directeur du Musée Royal de l'industrie, journaliste, patron de journaux puis détenteur de... de 73 brevets, pas moins, et inventeur de la société belge des brevets elle-même. Quelqu'un qui a fait beaucoup pour son pays d'adoption donc !

Mais Fanny l'interrompit avant qu'il ne s'étende outre mesure sur les détails. Une chose qu'elle faisait peu souvent pour sa part tandis qu'Alex était un spécialiste du petit mot ou de la remarque placée ici ou là.

— Et sa mort ? demanda-t-elle. Elle survint dans d'étranges circonstances ? Un meurtre peut-être ?

— Pas du tout, désolé de te décevoir, Fanny ! déclara Bob sincèrement. Ce n'est pas sa mort qui est significative, à mon avis, dans son histoire, mais le tournant que fit prendre cet homme à sa vie quelques années avant son décès. Car, trois ans avant de mourir, Marcellin Jobard devint un adepte du spiritisme et se mit à écrire dans des revues spirites de l'époque puis mourut de sa belle mort, comme on dit. Toutefois, outre ce fait curieux qu'un homme aussi rationnel que lui s'adonnât finalement à ce genre d'idioties, s'il fit partie de la société des douze, ce ne fut guère pendant très longtemps. Car, en 1834, tous les membres fondateurs de celle-ci en furent expulsés en effet puis remplacés surtout par des conservateurs. Des conservateurs qui soutenaient le gouvernement. Ainsi les rebelles anti-guillaumistes de la première époque, tous savants et intellectuels, cédèrent-ils donc leur place à des fonctionnaires ; magistrats, membres du barreau de cassation notamment, ainsi qu'à des édiles bruxellois.

— Dès qu'une révolution est accomplie, signala la Flamande d'un ton un peu amer, les premiers révolutionnaires sont remerciés, évacués ou éliminés afin de faire de la place aux... aux administrateurs de l'état nouveau et du pouvoir qui a remplacé celui qu'ils ont combattu.

Mais Alex, sans avoir complètement tort à ce propos en fait, la railla.

— Anarchiste ! fit-il en rigolant.

Puis une jolie serveuse, une jeune fille blonde aux mèches roses d'une vingtaine d'années environ, joliment vêtue d'un tailleur sombre qui laissait entrevoir deux jolis citrons, les dérangea alors un instant, le temps de déposer les boissons qu'avait commandées Alex. Lequel, sans un regard pour la crevette qui venait de les leur apporter, s'empara tout de suite de l'un des verres à la vitesse de l'éclair et l'éclusa d'un seul trait. Pas celui d'eau plate cependant... qu'il tendit à Fanny dès qu'il eût avalé son premier calva afin de se faire excuser ce manque de politesse qu'il venait de commettre sans vergogne puis par amour surtout et... presque patriotisme.

Ensuite, Bob les captiva de nouveau.

— Mais c'est là que cela devient intéressant ! leur affirma-t-il. Parmi les magistrats qui formèrent, à partir de 1834, les nouveaux membres de la société des douze, il y avait un certain Jean-Auguste Van Dievoot. Un homme assez froid, à l'air des plus sévères, si l'on observe les quelques photos qu'il reste de lui, mais très instruit et volontaire. Un homme, un brillant juriste, qui fut le beau-frère de l'un des plus célèbres architectes bruxellois par ailleurs, Joseph Poelaert [40] lui-même. Soit celui-là même qui commença l'érection du labyrinthique et très étrange palais de justice de la capitale.

En entendant ce nom-là, Alex eut un brusque mouvement d'étonnement mêlé de surprise. Car il s'agissait d'un nom qui résonnait dans ses oreilles, vu que, celui-là de Belge, il le connaissait au moins de nom justement. Mais plutôt pour avoir été une espèce de Jean-Foutre de la construction qu'un Eiffel ou un Lesseps [41] par contre. Cependant, Bob ne s'attarda pas là-dessus.

— Van Dievoot, disait-il, en plus d'être membre de la société des douze...

— Et franc-mac., marmonna le Français d'un ton de reproche.

— Et franc-maçon certainement, acquiesça son ami avant de reprendre, Van Dievoot est surtout connu pour avoir été le fondateur de la bibliothèque de la Cour de cassation en 1842. Soit à la même époque où Brutus Libri se serait mis à dérober puis à revendre en douce des manuscrits français donc.

Soudain, en reposant son verre d'eau d'un geste si sec et si nerveux qu'il en fit sortir tout le contenu... au grand

---

[40] Authentique.
[41] Ferdinand de Lesseps est celui qui a fait percer le canal de Suez notamment.

rire de ses deux compagnons, devant la surprise qu'elle eut alors, Fanny s'exclama :

— Je crois que je commence à avoir une petite idée d'où cela va nous mener !

Alex vida alors son second verre, d'un trait, lui aussi, en pensant fortement : « Trou normand ! », mais sans comprendre encore où cela allait les mener pour sa part ni où ce geste-là, surtout, qu'il venait d'accomplir machinalement, risquait de le mener, lui…

Pendant ce temps, Bob, en s'adressant à Fanny dont il connaissait la vivacité d'esprit, admit volontiers :

— J'imagine en effet que tu as déjà compris ce qui aurait pu être le scandale belge du siècle. Un scandale qui aurait pu éclabousser Van Dievoot et la Cour de cassation puis l'État belge naissant lui-même. Qui aurait pu, parce que, vu qu'il n'y eut que des soupçons et des rumeurs qui circulèrent à l'époque, à savoir que Van Dievoot avait acheté les livres de la bibliothèque de la Cour de cassation à Libri en toute connaissance de cause, il n'y eut jamais de procès. Des soupçons et des rumeurs qui furent par ailleurs diffusées surtout par Marcellin Jobard justement. Mais je reviendrai plus tard sur ce pisse-froid-là. Ainsi le scandale n'éclata-t-il donc pas au grand jour. Ensuite, Jean-August Van Dievoot lava même son honneur et son nom dès qu'il produisit les factures officielles de ses achats pour la bibliothèque de la Cour de cassation. Des factures au bas desquelles jamais le nom du comte Libri n'apparaissait. Cependant, cette affaire n'en resta pas là, ajouta Bob d'un air mystérieux en se frottant la barbe et en sortant soudain une cigarette de son étui.

Son poison à lui, donc, bien que très peu prisé par lui hormis après un bon repas ou lorsqu'il était nerveux. Il se tut alors un instant, sortit un briquet à amadou puis en fit jaillir une flamme qu'il approcha de ses lèvres qui tenaient, serrées entre elles, bien droite – en érection, dirait un psychanalyste de la connaissance –, sa tige de tabac et de crasses chimiques ajoutées.

— Car monsieur X m'a aussi parlé de cette histoire de livres volés à Leuven, reprit-il le cours de son récit dès qu'il eût allumé sa mortelle érection symbolique. Car Van Dievoot avait étudié et avait conservé des contacts dans cette université du Brabant flamand et que d'autres rumeurs se mirent soudain à circuler dans les milieux bruxellois proches de la franc-maçonnerie. Des rumeurs qui racontaient que ce magistrat avait soudoyé deux anciens collègues afin de voler lui-même, pour son compte, des livres précieux. Des livres qu'il souhaitait échanger avec Libri contre d'autres peut-être ? Évidemment, cette dernière révélation de la part de monsieur X est entachée d'un sérieux doute, précisa le Namurois. Parce que, comme je vous l'ai signalé, Van Dievoot faisait partie des tout nouveaux membres de la société de douze. C'est-à-dire des gens que ses anciens membres regardaient tous comme s'ils n'étaient que des parvenus, des traîtres, des Judas et des salauds. Or, Marcellin Jobard, que l'on pense être à l'origine de ces rumeurs-là, mais sans certitude pourtant, paraît avoir gardé une dent toute sa vie contre cet ancien avocat devenu l'un des plus éminents membres du barreau. En outre, Jean-Auguste Van Dievoot, en plus d'être à l'origine de la bibliothèque de la Cour de cassation, fut aussi l'un des membres fondateurs de l'Université Libre de

Bruxelles. Ce qui fait que, s'attaquer à lui trop ouvertement et sans preuve solide, eût probablement coûté sa carrière au journaliste. Aussi demeura-t-il des plus discrets en se contentant de distiller quelques médisances possibles de temps en temps. Cela tout en entamant néanmoins une enquête des plus minutieuses afin d'en avoir le cœur net. Je suppose qu'il était lui-même convaincu que ce qu'il reprochait au magistrat était la stricte vérité. En revanche, selon ce que m'a appris mon contact, il ne reste aucune trace de cette enquête que consignait Jobard dans un journal intime. Un journal qui a malheureusement disparu depuis lors. Puis il a encore obtenu de curieuses anecdotes à propos de ce journaliste jadis célèbre. Des informations qu'il tient du Grand-Maître des Amis philanthropes lui-même. Avant son décès, Marcellin Jobard paraissait convaincu d'être toujours épié par des ennemis invisibles et s'en plaignit en loge à d'autres frères par exemple. Puis, conclut Bob, trois semaines avant sa mort, il désigna expressément un frère en tant que légataire de tous ses biens, dont son armoire. Un certain Joseph Derenoncour, habitant la région de Dinant.

Dès qu'il eut terminé de leur raconter son entrevue et ce qu'il y avait appris, d'un même élan, ses deux amis le félicitèrent.

— Élève Bob Lesage, vous aurez dix sur dix ! firent-ils. Saperlipopette, quelle jolie histoire !

Pendant le dessert et le café, ce fut Fanny qui les enchanta de sa jolie voix et par tout ce qu'elle avait appris. Alex se resservait, quant à lui, un petit pousse-café ; bien entendu du jus de pomme « normandisé ». En replaçant, d'un geste délicat, ses beaux et longs cheveux noirs en arrière, la métisse les prévint tout d'abord :

— Si vous permettez, je vais être un peu plus concise et moins, euh, un peu moins romanesque que Bob.

Il est vrai que, vu son métier de journaliste et le fait que fort peu de journaux, aujourd'hui, sont prêts ou peuvent consacrer des pages et des pages à un article – comptant plutôt ceux-ci en lignes, en mots et en espaces –, elle avait l'habitude d'aller au fait. Femme de synthèse plutôt que de pénibles tirades aussi alambiquées que dithyrambiques, d'un ton qui se voulait presque professoral plutôt que théâtral, l'Anversoise commença donc ses explications.

— J'ai pris rendez-vous avec le recteur de l'Université de Leuven dès ce matin et, bien qu'il ait une journée des plus chargées, il m'a immédiatement accordé une entrevue au début de cette après-midi. Ensuite, dès que nous eûmes fait remonter en surface quelques agréables souvenirs du passé, je lui expliquai ce qui motivait ma visite. Lui-même ne savait rien à ce propos, mais il me confia le nom d'un illustre savant ès histoires curieuses, dit-il, avant de lui téléphoner afin de prendre rendez-vous pour moi. Son spécialiste, le professeur Hugo Dijboon, était heureusement présent à l'université et acccpta de me recevoir entre deux cours. Ainsi est-ce dans le couloir d'un amphithéâtre qu'il m'apprit, entre tout plein de sourires et de bonjours que lui adressaient ses étudiants et ses collègues au passage, que dix livres en tout avaient été dérobés à Leuven à sa fermeture en 1835. Dix incunables d'une inestimable valeur. Dix livres qui, de plus, provenaient tous d'une collection jadis interdite de... de livres de magie et de sorcellerie.

— Ah, ben ça ! cria presque Alex. Mais c'est ça les dix lignes du cryptage sans doute !

Puis, débonnaire, mais se levant toutefois d'un bond de la table, au risque de s'égosiller, il cria réellement cette fois-ci :

— Mam'zelle ! Et un calva pour la 6 !

Ce après quoi il se rassit, hilare, s'esclaffant en faisant le bruit d'un éléphant en train de barrir de plaisir. Puis, soudainement redevenu plus sérieux, il demanda à Fanny :

— Et... et tu as obtenu le nom de ces bouquins ?

Mais Fanny le déçut.

— Non, le professeur Dijboon n'a pas pu me fournir leur nom, leur avoua-t-elle visiblement déçue elle-même. Car la liste qui les citait s'est égarée depuis lors, sans doute détruite pendant la guerre de 40-45. En revanche, à défaut du nom des livres, il m'a fait part d'une lettre des plus... euh, des étranges. Une lettre anonyme qu'il a découverte à ce sujet il y a quelques années seulement. Datée de fin 1858, écrite dans une écriture ronde et distinguée, signe qu'elle avait été rédigée par quelqu'un habitué à l'écriture, un intellectuel donc plutôt qu'un ouvrier à cette époque, cette missive dénonçait deux professeurs de l'université de Leuven comme étant les auteurs du vol. D'après son auteur anonyme, il s'agissait d'Antoine Jacquelet, un professeur de droit, ainsi que d'un autre qu'il ne nommait pas. Le vol avait été commis par le premier tandis que l'autre devait seulement, pour sa part, avait-il souligné, faire parvenir le produit de ce larcin jusque la cité de Bruxelles afin de les y refourguer à l'un des membres de la toute récente Université Libre de Bruxelles, Jean-Auguste Van Dievoot lui-même. Le tout en échange d'une bonne place dans celle-ci.

— La lettre d'un jaloux, lui avait suggéré le professeur Dijboon. Une lettre faite de rumeurs. Des rumeurs qui ne firent par ailleurs l'objet d'aucune enquête officielle. Puis, il est curieux que cette personne dénonçât les deux voleurs, avait-il conclu, en signalant un lien étroit avec l'université ennemie à l'époque de Bruxelles, sans rien dire du tout du second ou de l'acheteur.

— Bref, les fit soudain sursauter la ruade du cheval noir de l'attelage platonicien, Alex, c'est moi qui avais donc raison ! Nous voilà bien aux prises avec les francs-macs et... et les jésuites.

— Euh ! Pas d'emportement, veux-tu, le réprimanda encore une fois le cheval blanc. Ce n'est pas parce que l'on trouve ces groupes-là dans une histoire qu'ils en sont à l'origine ou qu'ils y sont forcément mêlés. Tu connais certainement la théorie des réseaux qui stipule que l'on ne se trouve jamais bien loin, à six positions en fait, du Président des États-Unis ? Par exemple, que dirais-tu si je t'apprenais à présent, une chose vraie en plus, que Van Dievoot vécut sa vie durant dans un hôtel particulier situé à Bruxelles qui fut racheté un peu plus tard par... les Rothschild ?

— C'est vrai, admit le Français. Je reconnais que nous n'avons pas l'ombre d'une preuve à ce sujet... mais, tout de même, après un Chinetoque... [42]

— Un Mongol ! le gronda alors le cocher, Fanny.

— De mieux en mieux donc ! Après un Mongol, reprit le cheval noir, les francs-macs et les jésuites, voici venir les Rothschild maintenant. À quand les petits hommes verts ?

Alors, en se levant pour se rendre aux toilettes (qui se nomment des W.C. en Belgique), son ami Bob, narquois, les yeux pétillant d'humour, de lui jeter :

— Lors d'une prochaine aventure, qui sait ? Peut-être en France d'ailleurs... où à ton chevet cette nuit si tu ne cesses pas de ne plus du tout déguster de calva... juste de t'en empiffrer !

Dès qu'il revint des toilettes, Alex commença donc de leur expliquer ce qu'il avait réalisé ce jour-là. Pendant qu'Éric réparait les systèmes de sécurité et avait débranché l'ordinateur du réseau ainsi que débranché le Wi-Fi, au lieu de conter fleurette à Amandine – ce qu'il aurait volontiers réalisé si le temps ne leur manquait –, le Français s'était de nouveau attelé à briser ce fichu cryptage, tout bêtement. À ces dix lignes qui lui résistaient de toute leur force et dont il n'était pas encore parvenu à mettre à jour la clé hormis des petites bribes qui lui en offraient, heureusement, une vague idée. Repoussant subitement le verre

---

[42] Allusion à leur première aventure : Le diable dans la boîte.

qu'il avait commandé, ce qui ravit ses deux amis qui y virent un bon signe, Alex leur confia donc où il en était.

— Après avoir trouvé la dernière ligne grâce à toi, déclara-t-il en lançant le menton en direction de Fanny, j'ai remplacé les nombres déduits par leur correspondance et un second mot m'a interpellé... m'a sauté aux yeux, en fait.

Il prit alors une serviette en papier et y écrivit la séquence suivante : « 83-43-0-103-U-S -51-83-A-22-94-N-I-S-83-24-0-73-N-31 », mais à aucun des deux autres celle-ci ne « sauta aux yeux » par contre.

— Dans cette séquence-ci, comme vous pouvez le voir, pour autant qu'elle fut écrite elle aussi en latin, on peut voir le mot « draconis » susceptible d'être inscrit à partir de la septième position. Ce qui m'a permis d'obtenir encore d'autres lettres puis une certitude. Le texte clé est certainement un texte votif du genre de ceux qui parsèment les cimetières ou les monuments aux morts.

— !?

— En effet, si vous vous rappelez bien, je vous ai dit que les nombres 11, 12 et 13 provenaient probablement d'un mot de trois lettres ; or, les textes votifs emploient à la fois du latin et du français. Un petit mot ou une abréviation en latin du genre « R.I.P., Hic ou D.O.M. [43] » suivit de : « ici repose ou gît ou est mort » et patati et patata jusque la fin du genre : « que repose en paix son âme ou « priez pour le bien de son âme », etc. Mais n'allons pas trop vite.

---

[43] R.I.P.= Requiescat in pace (repose en paix) ; Hic = ici ; D.O.M. = Deo optimo Maximo (à Dieu très grand)

Avant d'arriver à cette conclusion, j'ai dû franchir encore quelques étapes. Car, en transformant le 51, le 83, le 22, etc., du mot supposé draconis, j'ai découvert d'autres mots possibles qui s'inscrivent d'ailleurs dans le cadre que vient de nous dessiner Fanny, qui plus est.

Puis, après avoir gribouillé les nouveaux mots qu'il avait décryptés ou presque grâce à cela, il leur mit sous les yeux ces séquences-ci :

« R-U-b-E-U-S-D-R-A-C-O-N-I-S-R-A-B-I-N-A//46-I-L-A-R-28-U-S//S-A-33-R-61-M-A-G-34-C-61-M-74-L-I-N-U-S.

Et, vu que ces séquences paraissaient plus évidentes aux yeux de l'Anversoise, ce fut elle qui s'exprima alors :

— Mille milliards de mille sabords, que le grand Cric me patafiole ! badina-t-elle. Mais ce sont effectivement tous des livres de magie, ça !

Bob pour sa part eut un geste vague. Il n'y comprenait pas plus qu'avant. Mais il apprécia cependant l'effort de son amie d'avoir juré par le plus célèbre des jurons du capitaine Haddock. Ensuite, il fit la moue et leur demanda :

— Vous m'expliquez, les amis ?

D'un geste qui se voulait généreux, le Français désigna alors leur érudite d'amie pour ce faire.

— Le Rubeus Draconis (dragon rouge) ou Grand Grimoire a été écrit par Antonio Rabina. Un grimoire qui n'est cependant pas censé dater d'avant 1500, glissa-t-elle au passage. Quant à la seconde ligne, elle concerne sans doute Hilarius, l'auteur d'un autre livre de magie célèbre et rare, à savoir le Traité Magique de Salomon. Enfin, la troisième ligne expose le titre et le nom de l'auteur d'un troisième bouquin du même genre, le « Sacra Magica de Mélinus ».

Dès qu'elle eut terminé sa brillante explication, Alex fit mine de l'applaudir, la salua d'un mouvement de haut en bas de la tête puis lui laissa le plaisir de conclure surtout.

— Ce qui veut dire que, au vu des dates qui étaient inscrites à la fin de chacune de ces lignes, fit donc remarquer celle-ci à Bob, tout ouïe, nous avons très certainement retrouvé la piste des dix incunables volés à Leuven en 1835. Des livres dont chacun ou presque vaut une petite fortune ! s'émerveilla-t-elle ensuite en écarquillant les yeux.

Ses magnifiques yeux en amande, dont le vert émeraude se mit subitement presque à luire, remarqua Bob devenu soudain langoureusement songeur. Ensuite, en se levant pour aller régler la note au comptoir, réfléchissant à voix haute, fort judicieusement et presque prophétiquement, il leur dit :

— Mais qui peuvent aussi attirer toutes sortes de bien vilaines convoitises...

La coopérative du ~~chaos~~ Tao

Les directives étaient claires. Pour la vieille et le trio, il devait attendre. Puis il devait suivre ces trois-là pour le moment surtout. Trois cas à part, lui avaient confié les deux encagoulés. Mais, il avait beau être bien payé pour ce faire, ce n'était décidément pas dans les habitudes de Tchu Tao d'accomplir ce genre de besogne. Et, tant qu'à faire, étant donné qu'il ne sentait pas du tout ces deux-là qu'il venait de quitter à l'orée de la forêt, il en profiterait pour en apprendre le plus possible à leur sujet. À vrai dire, ce que lui avaient confié comme tâche ces énergumènes l'avait laissé des plus perplexes. En effet, si, en général, ses clients avaient des souhaits fort simples, à savoir se débarrasser d'un concurrent, d'une balance, d'un bavard, d'un époux ou d'une épouse devenue un boulet ou un obstacle, voire effectuer des vols parfois, il était rare qu'ils exigeassent de lui, vu le prix de ses services, une mission qu'un vulgaire détective pouvait réaliser pour trois francs six sous seulement. Surveiller des gens n'était pas, effectivement, sa spécialité. Il avait plutôt pour mission de les faire taire en général et définitivement. En revanche, ce que ne savait pas grand monde autour de lui – à peine quelques membres du milieu des assassins professionnels internationaux seulement, qui s'en doutaient, mais certainement pas ses clients ou d'autres quidams – c'est que, en vérité, le serviteur du Tao était une espèce de coopérative en fait... bien plus qu'une seule lame donc, soit-elle aussi affûtée et dangereuse que Tchu Tao.

Lorsqu'il avait quitté son clan, qu'il avait renié son serment, son honneur de samouraï et son code surtout – toutes ses valeurs donc –, et qu'il était devenu un rônin, Tchu avait commencé à travailler pour son compte, seul, à ce moment-là. Mais ses services devinrent vite si prisés de par le monde, puis si rentables aussi, qu'il lui vint la géniale idée de réunir toute une équipe de gentils petits

« serviteurs ». Tout plein de petits disciples « de » Tao, rêvait-il parfois depuis lors. Un rêve qui, cependant, parce qu'il était une personne des plus réalistes, en dépit de quelques superstitions ancrées en lui depuis son enfance – comme nous tous –, s'était résumé à cinq personnes en plus de lui à peine. Mais cinq cracks cependant. Cinq génies dans leur domaine comme il l'était, lui, dans le sien, l'art du chasseur. Cet amour de l'art du pisteur et du traqueur qui permet à certains chasseurs, ceux dont on dit d'eux qu'ils sont les meilleurs, de trouver non pas uniquement des proies dans la forêt, les prés ou les mers et les océans, voire en ville, mais surtout la meilleure des proies, la plus adéquate, la plus belle, la plus forte, la plus intelligente, la plus sensuelle, la plus libre, la plus combative, etc. Aussi, depuis lors, si Tchu Tao était à l'origine de cette coopérative dont le but principal était l'assassinat, mais qui acceptait aussi d'autres missions du genre faire peur, faire souffrir, faire pression, faire chanter… il n'était plus tout seul à gérer les affaires de son nouveau clan. Tsin Leï, par exemple, une as de l'informatique, lui assurait un indéfectible soutien ainsi que Fien pu, un génie des nombres et des décryptages, ou Djong Du, maître dans l'art de concocter des plans et polyglotte exceptionnel, qui était l'un des meilleurs ingénieurs sociaux du Japon, c'est-à-dire un hacker ou escroc passé maître dans l'art de l'arnaque psychologique, – le genre de mec qui fait pleurer une pierre tombale et lui fait cracher tous les secrets inavouables de celle ou de celui qu'elle recouvre –, sans oublier Yin Rao et « Andrée » Kaolin Tchan, un homme et un transsexuel, soit deux autres assassins au moins aussi doués que lui maintenant. En outre, non seulement ces gamins plus jeunes que lui de quinze ans au maximum étaient fort doués, mais ils étaient aussi méfiants que lui avec l'humanité tout entière. Ce qui fait que rien de ce que faisait, disait ou voyait Tchu Tao, leur chef, ne leur échappait. Car, en parfait transhumaniste qu'il était, celui-ci s'était fait greffer diverses petites puces informatiques ici ou là qui permettaient, lorsqu'il le voulait, soit de transmettre les informations auditives ou visuelles qu'il percevait soit d'augmenter certaines de ses capacités.

Obtenir des renseignements sur ses cibles puis briser de prétendus systèmes de sécurités ne lui était donc jamais ni trop difficile ni très chronophage. Une chose essentielle dans le métier d'assassin, ça, le temps ! Or, ses commanditaires lui en laissaient du temps justement. Ce qui était curieux, cela. Raison supplémentaire de sa méfiance d'ailleurs. Alors, dès qu'il eût trouvé un petit hôtel ni minable ni trop voyant pour s'y poser un moment, avait-il pris contact avec les autres serviteurs du… du ~~Tao~~ chaos. Et il fut heureux d'y apprendre que Tsin Leï n'avait pas attendu son appel pour se renseigner à la fois sur la personne chez qui il avait dû pénétrer le soir même et sur les deux encagoulés qu'il venait de quitter tout empli de méfiance. Elle lui envoya donc, en un clic à peine, tout ce qu'elle avait déjà pu recueillir sur eux. Pour le gaillard de Rendeux, Tchu Tao apprit ainsi qu'il s'agissait d'un aventurier. Un aventurier réputé, à la fois collectionneur et restaurateur d'art. Un homme déjà connu dans son pays à la suite de plusieurs succès qu'il avait remportés avec deux autres personnes, un Français qui répondait au nom d'Alexandre Beaumesnil et était conservateur honoraire à Rouen ainsi qu'une seconde Belge, Fanny Van Avond, journaliste et écrivaine. Des articles de journaux qui relataient leurs exploits lui avaient d'ailleurs été envoyés. Des articles élogieux qui relataient divers succès de ces trois-là à travers le monde. En Inde, par exemple, ils avaient retrouvé un trésor de joyaux divers, des saphirs roses, des diamants, des émeraudes, etc., perdu depuis des siècles. En Afrique du Sud, ils avaient découvert les ruines d'une cité antique en même temps que fait arrêter toute une bande de trafiquants d'organes qui sévissait dans la même région. En Amérique du Sud, ils avaient découvert les ruines d'une cité maya engloutie. Etc.

Bref, à présent, Tchu Tao savait un peu mieux à qui il avait affaire. À forte partie ! Et son assistant Djong Du se pencha donc, immédiatement, sur une stratégie à adopter puis téléphona ici et là afin d'obtenir plus d'informations encore sur les membres de ce trio ; notamment sur le Français à propos duquel les serviteurs du Tao ne connaissaient à peu près rien, sinon qu'il était conservateur au musée des archives de Rouen en Normandie et avait servi son pays sous le drapeau. Toutefois, hormis qu'il s'agissait d'un ancien militaire, Djong Du n'apprendrait pas grand-chose à son propos, car le dossier militaire d'Alexandre Beaumesnil était classé secret défense depuis pas mal d'années et pour des raisons que lui seul et ses chefs connaissaient. Puis, lorsqu'il découvrirait que Fanny Van Avond était maîtresse de Wing Chun et en informerait l'initiateur de leur coopérative, celui-ci prendrait toutefois cette information un peu à la légère ; victime de ses préjugés sur les femmes tandis qu'il en avait recruté une qui était des plus redoutables, mais surtout en tant que « gâchette » – puisque sa spécialité était le meurtre à distance –, ainsi que ses préjugés sur la pratique des arts martiaux en Europe. Une pratique qu'il jugeait ne pas être assez sévère ni stricte pour faire des combattants vraiment déterminés à tuer, seulement des sportifs ou des danseurs et des danseuses, voire des clowns ou des cascadeurs tout juste bons à parader et à se gausser. Ce qui fait qu'il demanda à son équipe de plutôt se concentrer sur le Français que sur cette petite femme maigrelette et… et bâtarde, de surcroît, à ses yeux.

Car, comme beaucoup de Japonais ou d'Asiatiques, Tchu Tao avait aussi pas mal de préjugés envers les personnes noires… et plus encore envers les mulâtres. Enfin, en ce qui concernait ceux qui l'avaient engagé, qui les avaient engagés en fait, qu'avait pu scanner Tsin Leï grâce aux capteurs visuels et sonores de Tchu Tao, ils avaient acquis la certitude qu'il s'agissait de membres d'une société ésotérique et secrète du nom de « Progan » ; ce qui était une contraction de « Progéniture des Anciens » et fit penser à Tchu Tao, qui n'aimait pas trop les adeptes de ce genre de mouvements, qu'ils fussent paisibles ou pas, religieux ou non, qu'ils avaient affaire à deux espèces de tarés de la plus belle espèce. Des sots, des aveugles et des dingues dont il fallait bien évidemment se méfier, mais au demeurant pas beaucoup plus que lorsqu'il travaillait pour des maffias ou certains milliardaires ; gens fort peu scrupuleux et soucieux surtout de faire disparaître toutes traces qui permettent de remonter jusqu'à eux. Le bonhomme s'appelait Henri Marcel. C'était un Bruxellois qui vivait tout près des étangs d'Ixelles, avait 45 ans, et publiait assez régulièrement des histoires fantastiques dans des périodiques sur Internet à propos de magie noire, de rituels sanglants, de maisons hantées et de divinités d'un autre âge. Des entités antédiluviennes et extra-terrestres dans lesquelles il paraissait croire lui-même dur comme fer étant donné qu'il avait participé à la fondation de « Progan » et que cette société n'avait rien d'un parc d'attractions ou d'une échoppe de diseuse de Bonne-Aventure. En outre, ce gars-là avait un casier judiciaire déjà long comme le bras. Il avait été effectivement plusieurs fois condamné pour vol, escroquerie, viol en groupe de mineures de moins de 16 ans, viol de sépulture ainsi que sévices sur des animaux ayant conduit à leur mort...

« Un parfait salaud ! » maugréa le serviteur dès qu'il fut au courant de ce parcours pour le moins sauvage. Tchu Tao n'aimait en effet ni les violeurs ni les tortionnaires d'animaux et s'imaginait assez dans quel cadre rituel ce genre de viols et de tortures avaient été appliqués ; pour des raisons de croyances débiles !

Quant à la femme, elle se nommait Kimberley Salem, était d'origine américaine, travaillait depuis huit ans en tant que secrétaire à l'OTAN, avait 34 ans et possédait, en plus de celui de secrétariat de bureau, deux diplômes supplémentaires d'une université privée du Massachusetts, l'un en botanique et l'autre en... sorcellerie. Dans les milieux ésotériques belges, elle était d'ailleurs connue comme étant l'égérie ou la maîtresse du premier. Une femme aussi intelligente que rusée. Marcel Henri, d'ailleurs, depuis qu'il l'avait rencontrée et qu'il suivait à la lettre ses directives, n'avait plus connu aucun ennui judiciaire. Pourtant, ce n'était sans doute pas parce qu'il avait arrêté ses pratiques de magie noire, ni lui ni elle, plutôt en raison du fait des redoutables capacités mentales de cette sorcière des temps modernes qui savaient probablement agir bien plus intelligemment, et plus discrètement surtout, que le pseudo-sorcier belge. D'ailleurs, si Henri Marcel était bel et bien, officiellement, le créateur et gestionnaire de la société « Progan », l'on disait de Kimberley Salem qu'elle en était le principal cerveau. Un brillant cerveau, qui plus est, mais aussi tordu et malsain que celui d'Henri Marcel toutefois... sinon pis.

« Eh bien ! En voici une belle brochette de fracassés du bulbe, patron ! lui envoya alors Djong Du via leur messagerie cryptée. Perso, je vous propose d'aller farfouiller dans les archives informatiques du Massachusetts pour en apprendre un peu plus sur la sorcière. L'homme me paraît n'être qu'un sbire finalement ou peut-être un mécène. »

L'ingénieur social avait prononcé ce dernier mot avec une voix où se mêlait le doute et la crainte cependant. Une crainte sans doute ancestrale, lovée en lui, de tout ce qui concernait les magiciens ou les sorciers surtout. Une crainte que ne partageait pas du tout Tchu Tao par contre. Lequel lui confirma d'agir ainsi. Enfin, Djong Du, subitement redevenu plus pragmatique, lui demanda encore :

— Voulez-vous que l'on vous envoie du renfort au cas où cet onore et sa chikushô auraient dans l'idée de nous doubler [44] ?

---

[44] Onore : enc... ; shikushô = put...

Peinture ou carte ?

Lorsque le trio était revenu au domicile du Namurois, il était déjà fort tard, il faisait très froid et ils étaient crevés tous les trois. Ce qui fait qu'ils se rendirent tout de suite dans leur chambre respective et d'y endormirent à point fermé. Puis, en dépit du fait que se faire cambrioler entraîne souvent des troubles du sommeil par la suite, une sorte de crainte tout à fait justifiée et liée à un profond sentiment d'insécurité, même Bob s'endormit immédiatement d'un vrai sommeil de loir ou d'ours en hiver. Par contre, ils furent tous levés dès l'aurore et, après les traditionnels croissants dont raffolait Fanny, vêtue un peu plus chaudement ce matin-là, ils se rendirent, le cœur un peu serré tout de même pour Bob, jusque son atelier. Le tableau avait bien séché et laissait apparaître à présent tout ce qu'y avait placé comme curiosités et figures allégoriques son auteur inconnu. On pouvait donc y distinguer, clairement maintenant, de petits détails apparemment anodins qui, si l'hypothèse de Bob était exacte, à savoir qu'il s'agissait d'une carte présentée sous forme d'allégorie, devaient leur indiquer un endroit, voire être des points de repère sur un terrain quelconque et encore inconnu d'eux. Toutefois, il faut bien l'avouer, Bob avait suggéré cette hypothèse plus sous le coup d'une géniale intuition que grâce à une solide argumentation étayée de preuves indubitables. On pouvait donc y distinguer par exemple, en plus de la naïade et de l'homme couché qui exhibait un collier des plus symboliques, un ibis – l'insigne de Thot en vérité, dieu égyptien de la sagesse, de l'écriture et des scribes –, que l'ankh à l'envers gravé sur une pierre et que le gouffre dans lequel on voyait de l'eau s'écouler, trois autres éléments. Trois éléments notoires qu'y avait dissimulés le peintre. Mais trois éléments qui avaient été recouverts, accidentellement cette fois-ci, par de l'encre. Le premier était un trou pas bien large ni profond dans le sol. Un trou que l'on voyait distinctement béer un peu plus haut que le couple, mais dont des fumerolles paraissaient s'échapper.

— Un peu comme celles qui sortent des cratères secondaires d'un volcan en activité, réfléchit à voix haute Alex lorsqu'il posa ses yeux vairons sur lui en premier lieu.

Puis, au regard d'un second détail, en accompagnant sa question d'un geste de curiosité étonnée – les sourcils qui se dressent, les yeux et la face qui se fronce et les épaules que l'on remonte brusquement –, mêlée d'un peu de crainte superstitieuse, il leur avait demandé :

— C'est quoi ce bazar ? Des… des gobelins ? O, mulizzò [45] !

Ce qui fit pouffer de rire Fanny parce qu'elle ne savait pas que, en Normandie, les lutins sont nommés des gobelins et sont des êtres réputés plus souvent méchants que bons avec les humains. Ce qui explique la légère trace de crainte superstitieuse de leur ami.

---

[45] Espèce de saleté ou salaud en langue corse.

— Ooooh ! fit-elle. Des gobelins ! Et pourquoi pas des gnomes tant que tu y es ou tes regrettés extra-terrestres, se ficha-t-elle finalement de sa pomme.

— Et pourquoi pas ? s'énerva brusquement Alex en haussant la voix et en fronçant les sourcils.

Mais, en plaçant sa main en face de lui comme pour les inviter à faire la paix... ou à se calmer, Bob l'apaisa.

— Pas de gobelins ici, lui confia-t-il sereinement. Car, en Belgique, ce seraient plutôt des lutins. Soit des kabouters, si c'est en Flandre, soit des nutons, si c'est en Wallonie, lui apprit-il ensuite. Qui plus est, ce ne sont pas des peuplades de légende réputées aussi méchantes que les gobelins de Normandie. Ce sont plutôt des êtres aussi serviables que les korrigans de Bretagne... si l'on prend soin d'eux.

Or, si Alex avait émis cette idée saugrenue, c'était en raison du fait que le second détail qui était à présent bien visible, un détail curieux et caché par de la végétation toutefois, était un petit trou dans le sol d'où paraissaient aller et venir deux ou trois de ces kabouters ou nutons, en effet. Quoi voyant, en fixant son hôte de ses grands et beaux yeux en amande, Fanny l'interrogea :

— Et qu'est-ce que cela signifierait d'après toi ?

Bob, dont les traits exprimèrent le doute, leva les épaules puis lui répondit :

— Eh bien ! S'il s'agit bien d'une sorte de carte allégorique, cela peut signifier que nous avons affaire à une rivière souterraine. Une rivière dont on trouverait l'entrée grâce à ses quatre points de repère, à savoir une espèce de puits dans le sol ou de gouffre, un trou qui fume, un ankh gravé ainsi qu'une grotte de… de nutons ou de kabouters.

— Pourquoi souterraine ? s'étonna Alex.

— Parce que Thot est non seulement le dieu du savoir, des sages et de l'écriture, mais aussi du monde souterrain, se permit alors de lui répondre Fanny.

Réponse que Bob accompagna d'un geste affirmatif de la tête.

— Effectivement, confia-t-il à son tour au Français, de plus, la naïade qui se penche sur l'homme fait songer à cela. Mais regarde encore ici, lui proposa-t-il en lui indiquant de l'index un petit personnage supplémentaire que l'on distinguait à peine, tout en bas et entre les deux autres personnages. Un personnage minuscule qui était en train de… de brouter.

— On… on dirait une chèvre, hésita Alex parce que ce dessin-là était minuscule.

Bob eut de nouveau un geste affirmatif de la tête. Ce faisant, il le gratifia avant de tout lui expliquer de ce dernier petit détail.

— Bravo ! dit-il. Cela y ressemble bel et bien en effet. Or, il te faut savoir que, en Belgique wallonne, il existe une légende très spécifique qui est liée à une chèvre justement. Une chèvre en or que l'on appelle ici la gatte d'or. Tu en as déjà entendu parler peut-être ?

Mais Alex haussa alors les épaules à son tour en ayant les lèvres qui partent en avant, les oreilles qui se tendent un peu puis ce regard curieux surtout qui laissait tout de suite comprendre à ses deux amis que non, pas du tout...

Bob lui expliqua donc :

— D'une façon très générale, il s'agit d'un animal légendaire, une gatte, c'est-à-dire une chèvre, mais en or. Un chèvre qui vivrait dans des cavernes et des souterrains et qui sortirait uniquement une nuit par an, celle de la Saint-Jean. Or, cette nuit-là, quiconque parviendrait à l'attraper par le bout de la queue aurait l'heureuse surprise de se voir tout de suite conduit par elle jusqu'à l'immense trésor sur lequel elle est censée veiller...

Ce après quoi Fanny se permit :

— Je préfère la version liégeoise !

Et Alex, toujours curieux d'apprendre en dépit de ses nombreuses ruades ou hennissements de bête encore à moitié sauvage, de lui faire comprendre, d'un geste de la main, qu'il la priait de lui en dire plus à ce propos.

— Il était une fois, commença-t-elle donc en se cabrant un peu en avant et sur le ton de la confidence, une jeune fille du Moyen-âge qui se prénommait Marthe. Une jeune fille tellement agréable à regarder, si intelligente et si parfaite qu'une foultitude de prétendants souhaitaient de convoler en justes noces avec elle. Mais le cœur de la donzelle ne battait pourtant que pour un seul d'entre eux. Un écuyer du duc Valéran de Luxembourg, le jeune Alard, qui vivait au château de Lognes. Ils s'apprêtaient donc à se marier sans tarder. Toutefois, deux mois avant les épousailles, pour le malheur du jeune homme, il décida de présenter sa fiancée à son maître le duc. Or, ce dernier, un vieux beau extrêmement riche, fut séduit par la belle et... et elle-même séduite par ses richesses. Les fiançailles furent alors rompues le soir même – dans le lit du duc qui trompait ainsi son épouse pour la première fois – puis, afin de se débarrasser de son rival, le duc envoya le jeune Alard au château de Poilvache. Un château aujourd'hui en ruine situé tout près de Dinant et qui y surplombe la Meuse. Ensuite, tandis que son ancien fiancé mourrait de douleur et d'ennui, Marthe, complètement conquise par l'appât de l'or et des joyaux, devenue la maîtresse du duc qui, sans honte de ridiculiser son épouse, couvrait la jolie paysanne de pierres précieuses et de ce métal qui peut rendre fou y compris le plus vertueux des hommes, Marthe, vaincue par le paraître plutôt que par l'être donc, devint un monstre d'égoïsme et de vanité. Un monstre de plus en plus seul et de plus en plus haï de surcroît. Aussi, rendue folle d'inquiétude pour ses biens dès que le duc décéda, ayant peur de la juste vengeance de la duchesse, est-elle censée avoir caché son immense trésor puis vécu en recluse tout près de lui, dans un souterrain que l'on nomme depuis lors le souterrain de la gatte d'or. Évidemment, un jour, elle y mourut. Or, depuis ce jour-là, on raconte qu'une chèvre y apparaît parfois, toute en or, et prête à mener qui lui attrapera la queue vers le trésor de la belle Marthe.

— Mmmmm, grogna le Normand. C'est d'un mièvre ! Enfin, c'est plus romantique, certes, mais cela revient au même finalement. C'est toujours en lui tirant la queue que le caprin finit par cracher son secret, plaisanta-t-il de manière un peu grivoise.

Enfin, vu que son idée de carte dissimulée dans des symboles n'était encore qu'une hypothèse pour le moment – une hypothèse en outre encore difficile à vérifier pour l'heure –, Bob conclut :

— En revanche, je suppose que la localisation d'un éventuel lieu à découvrir, si tel est le cas, bien sûr, précisa-t-il de nouveau, se trouve cachée pour sa part dans le message crypté. Aussi, si tu es toujours d'accord, tandis que Fanny et moi nous rendrons à la recherche d'informations sur le peintre Rembrouillet, je te laisse le soin de vérifier cette hypothèse-ci en continuant de t'atteler à son décryptage…

Et, pendant qu'Alex émettait un grognement digne d'un ours à qui l'ont aurait ravi son rayon de miel, en se préparant à partir avec Bob – Bob qui, très certainement, devait avoir une petite idée derrière la tête –, Fanny railla la réaction un peu exagérée, à son avis, de leur ami français.

— Scrogneugneu ! Espèce de gros ours mal léché ! le gourmanda-t-elle gentiment. À toi le plus facile, en fait, espèce de fainéant, va !

Car elle savait très bien que, maintenant qu'ils étaient au courant de ce que recelait très probablement comme mots possibles ce message crypté – des noms de livres de magie –, son décryptage serait des plus aisés ; ce qui était vrai. Là-dessus, Alex, très au courant aussi de cette heureuse simplification, sans plus grogner cette fois-ci, leur signala toutefois fort intelligemment :

— Ou si ce n'est pas dans le message lui-même, qui ne me paraît pas contenir d'informations sur quelque lieu que ce soit, en Flandre ou en Wallonie, dans sa clé peut-être…

Fanny avait eu raison de croire que son ami namurois avait une petite idée derrière la caboche, vu que, selon les informations qu'ils possédaient à propos des incunables volés ainsi que de l'armoire de Marcellin Jobard, ils pouvaient en déduire que ce Rembrouillet devait avoir peint sa naïade peu après la première moitié du 19e siècle. Or, il savait, de par son ami d'enfance Samy Déchaînez, qui y travaillait depuis des années déjà, que les archives de la ville de Namur possédaient toute une collection de lettres de peintres de cette époque justement. Pas tous de grands peintres, certes, et tout plein de méconnus donc, mais qui sait ? Aussi, puisqu'il fallait bien commencer quelque part et que personne jusqu'à présent n'avait été susceptible de lui donner la moindre information sur ce peintre, aussi s'était-il imaginé qu'ils en trouveraient, peut-être, quelques traces dans la correspondance d'autres peintres de la même période.

— Mais un tel travail de lecture peut prendre des années, craignit Fanny lorsqu'il lui exposa son plan au volant de sa belle Jaguar type E. Il y a peut-être des tonnes et des tonnes de lettres ou de journaux intimes qui sont écrits avec des écritures parfois presque illisibles.

— Cela aurait encore été vrai il y a à peine cinq ou six semaines, confirma Bob. Mis à part que, d'après mon contact là-bas, tous ces documents ont été encodés à présent. Donc, ce sera sans doute un peu plus rapide en employant des termes fort précis du genre allégorie ou naïade, voire symboles égyptiens, peut-être, la rassura-t-il alors.

Ils y passèrent néanmoins toute la journée… chacun devant un P.C. Mais ces longues heures de travail furent payantes cependant puisque, au bout de sept heures de recherches aussi patientes qu'acharnées, ils en savaient enfin un peu plus sur le peintre Rembrouillet et très probablement sur la région où devait s'écouler la rivière-naïade qu'il recherchait. Enfin, car ce n'était pas tout, sachant tout cela, ils pouvaient donc aussi se faire une petite idée de l'endroit où se trouvait la cache probable du précieux trésor auquel la peinture allégorique de Rembrouillet permettait d'accéder…

Serpentant sur pas moins de 89 km, la Lesse, rivière ardennaise et affluent de la Meuse, coule des jours paisibles, hormis lorsqu'elle est en crue, dans le sous-bassin wallon le moins peuplé avec 62.500 personnes en tout. Elle fait entendre ses premiers gazouillis dans un village nommé Ochamps. Un village aujourd'hui presque mort, car dépeuplé de sa jeunesse partie s'installer dans les villes, situé dans la province belge du Luxembourg. Et elle vient terminer ses jours heureux, sans plus aucun bruit tant elle est devenue lente et large, dans celui d'Anseremme situé un peu en amont de la ville de Dinant ; le tout après s'être gonflée de pas moins de dix affluents tout le long de son parcours. C'est une antédiluvienne rivière qui se prélasse là depuis bien avant que les hommes n'eussent appris à se mettre debout et à ne plus tuer leurs semblables dans le but de les manger. Et c'est un endroit si agréable, si poissonneux, si rupestre et tellement rempli de toutes sortes d'animaux que les humains s'y sont rapidement installés depuis lors en y abandonnant dans leur sillage moult traces. Des traces que l'archéologie a permis de mettre à jour depuis plus d'un siècle à présent. Toutefois, mis à part quelques spécialistes et amateurs de fossiles, de nos jours, la Lesse est surtout connue, et prisée, pour deux choses seulement. Deux attractions touristiques d'importance qui attirent tout plein de touristes, à savoir ses descentes en canoë-kayak ainsi que de célèbres grottes, les grottes de Han. Des grottes qu'elle creusa à partir du gouffre de Belvaux et dans lesquelles elle circule lentement au plus grand plaisir des visiteurs qui peuvent l'y rejoindre. Pourtant, bien que ces grottes soient parmi les plus visitées de Belgique, ce que venait de découvrir Alex changeait la donne en leur offrant une tout autre solution que celle qu'avait proposée Bob et Fanny.

Car, dès qu'ils étaient rentrés de leur visite si instructive aux archives de Namur et qu'ils furent sortis de la voiture, surexcités tous les deux, c'est pour cet endroit charmant là, les grottes de Han, qu'ils avaient effectivement opté en tout premier lieu… en le criant même haut et fort à Alex. Alex qu'ils découvrirent en train de faire les cent pas dans la cour en chemisette à manche courte en dépit du froid sans lui poser la moindre question à ce propos pourtant…

— C'est la Lesse… la naïade ! lui crièrent-ils. Et c'est certainement du côté d'Han-sur-Lesse qu'il nous faut chercher !

Mais la seule réponse de leur ami français, qui, en même temps, avait haussé les épaules en secouant la tête de droite à gauche et les avait regardés avec un air un peu dédaigneux, avait été aussi nette que tranchante.

— O manghja merda ! leur avait-il répondu. Non, les gars, vous vous trompez presque complètement sur ce coup-là !

— Ah ! lâchèrent de surprise les deux Belges qui se rendirent soudain compte que leur ami tournait en rond dans les froidures automnales depuis sans doute un petit moment parce qu'il était en nage.

— Rentrons ! lui proposa alors Bob. Et tu vas nous expliquer tout cela devant un bon… un bon laid chaud.

— Pas plutôt un ch'ti… ou après peut-être ?

— Rentrons déjà ! leur intima Fanny qui, étant vêtue d'un tailleur, grelottait déjà. Pour le reste, on verra plus tard.

Ainsi firent-ils. Et c'est devant un bon lait chaud agrémenté de miel qu'ils finirent cette conversation.

— Vous d'abord, les pria Alex.

— O.K., répondit la métisse. Grâce à l'intuition de Bob, nous avons découvert plusieurs informations sur le peintre, dont le nom de l'endroit où il peignit le plus. Mais peut-être que Bob serait plus approprié pour t'expliquer tout cela, je pense.

Et Bob, dont les lèvres et la moustache étaient toutes blanchies par le lait, s'exécuta.

— C'est dans des lettres que nous avons découvert quelques informations sur ce peintre du dimanche que fut Rembrouillet. Des lettres qu'avait envoyées Théodore Baron à son ami Édouard Huberti, deux peintres belges dont le premier décéda à Saint-Servais en 1899 après avoir dirigé l'Académie des Beaux-Arts de Namur, et le second à Schaerbeek, neuf ans avant lui. Selon cet artiste bruxellois d'origine qu'était Baron, je cite : « Rembrouillet est un tâcheron… un gâche-toile… quelqu'un qui n'est pas digne de faire partie de la Société Libre des Beaux-Arts » soit une société que venait de créer son ami Huberti dans la capitale en réaction à l'académisme ainsi que, et surtout, à l'art réaliste à la sauce Gustave Courbet, signala-t-il à Alex. « Bien que ce rapin [46] possédât une certaine touche, il est vrai, remarque toutefois Baron, son goût immodéré pour un romantisme dépassé à la Delacroix [47], ou pour un symbolisme désuet ainsi que ses fréquents recours à l'allégorie ont fini par lasser tout le monde dans la colonie. Aussi a-t-il été rayé de la liste de participants officiels de celle-ci. »

Là-dessus, son ami s'inquiéta soudain.

— La colonie ! Tu veux dire quoi par-là ? l'interrogea-t-il. Une installation sauvage dans un territoire nouvellement conquis ou en passe de l'être ou… ou une secte du genre de cette saloperie de Colonia Dignidad. La secte de

---

[46] Mauvais peintre… qui barbouille plus qu'il ne peint.
[47] Courbet est connu pour avoir peint de manière fort réaliste « Un enterrement à Ornan » ; Delacroix pour son allégorie de « La liberté guidant le peuple ».

l'ancien militaire allemand qui sévit au Chili dans les années 60 ?

Mais le Namurois le rassura tout de suite à ce sujet.

— Pas une colonie au sens où tu l'entends, non, lui affirma-t-il. Une secte, peut-être, mais seulement constituée de peintres naturalistes belges. Une espèce de colonie de hippies de l'époque, en somme. Des peintres belges qui se réunissaient, en été, du côté d'Anseremme et y peignaient en plein air. C'est d'ailleurs sous le nom de colonie d'Anseremme [48] qu'on les connaît. Mais je ne vais pas te détailler les noms de tous ceux qui s'y rendirent ou en firent partie par contre, parce que cela serait aussi fastidieux qu'inutile. En outre, le seul qui devint un peu célèbre fut Félicien Rops, le Namurois qui fit carrière à Paris tant ses œuvres furent jugées obscènes par ses concitoyens.

— Et… elles l'étaient ? le coupa Alex.

— Nous irons un de ces jours au musée qui lui est consacré à Namur, lui dit alors Fanny. Et tu pourras te faire ta propre idée… Disons qu'elles étaient parfois très réalistes et parfois… euh… pour l'époque, bien sûr, prit-elle ses précautions, plutôt pornographiques et surtout très anticléricales.

— Mes avis qu'il va me plaire, ce Félicien-là ! lâcha alors le Normand dès qu'il eut entendu cette présentation si alléchante à ses oreilles.

— Certes, je le crois aussi, convint la métisse. J'irai te montrer par ailleurs une petite salle un peu cachée, car

---

[48] Authentique.

Namur est demeurée fort prude et que des enfants sont censés visiter ce musée, dans laquelle tu pourras y découvrir ses plus belles ou ses pires œuvres, c'est selon. Dont un superbe Satan en croix, nu, en érection, un sexe énorme, avec une prostituée nue elle aussi, à ses pieds, en train de recevoir son… son onction de grâce.

— Euh… n'en dis pas plus ma jolie, sinon je ne pourrai plus me lever de table…

Interrompant soudain ce petit jeu de matou et de chatte, Bob reprit alors son explication.

— Hormis Félicien Rops, les autres ne sont plus aujourd'hui que des noms de place ou de rue dont la majorité des Belges ne savent pas de qui il s'agissait. En fait, c'est même les seuls renseignements un peu utiles que nous avons découverts sur lui. Était-il franc-maçon et lié à Marcellin Jobard en tant que binôme dans la fraternité ? C'est possible, bien sûr, mais je me demande alors pourquoi mon contact n'en a rien appris ou n'a rien voulu m'en dire. Il est possible aussi qu'il ait hérité du meuble autrement. Peut-être que, lui aussi, faisait partie de la même société spirite que le journaliste sur la fin de sa vie, qui sait ? Quoi qu'il en soit, au vu de ces renseignements, fussent-ils maigres, et de ce que représente son tableau, nous nous sommes donc tout de suite dit qu'il ne pouvait s'agir que de la partie souterraine de la Lesse qui émerveille tous les enfants de Belgique au moins une fois dans leur vie. Mais, d'après toi, termina-t-il en se raclant soudain la gorge et en faisant mine de s'étonner, il s'agirait d'une erreur ?

— En effet ! rugit Alex. Et une grosse en plus. Puis, pour une fois, je suis content de voir que votre érudition à tous les deux possède tout de même des limites. C'est rassurant, leur confia-t-il avec une mine sincèrement réjouie.

Or, s'il était réjoui, ce n'était cependant pas parce qu'il les prenait en défaut, mais surtout parce que, cette fois-ci, ce serait grâce à ses capacités à lui que le trio parviendrait peut-être à retrouver le produit d'un larcin vieux de plus de deux cents ans ; ce fichu trésor de la naïade !

— Néanmoins avant de vous éclairer à ce sujet, je souhaiterais de vous montrer un petit quelque chose de charmant, dit-il encore.

Quoi disant, fier de lui, il sortit de sa poche une feuille de papier imprimée qu'il leur tendit d'un geste un peu sec de ses gros doigts ; nerveux qu'il était encore d'avoir enfin terminé de décrypter le message et sa clé. Sur cette feuille, ses deux amis purent donc enfin découvrir la liste complète des dix incunables volés à Leuven en 1835... qui se trouvaient peut-être cachés là-bas, quelque part, dans une grotte aux abords de la Lesse.

- Mortuorum Nomina, Nigreos, 1498
- Enchiridion, Trithemius, 1453
- Juratus Honorii, Albertus, 1475
- Sacra magica, Melinus, 1499
- De Nigromancia, Glaucus, 1500
- Magicae daemonicae, Jacobus, 1487
- Al-akīm, al-Qurṭubī, Andreas, 1501
- Rubeus Draconis, Rabina, 1468
- Testamentum Salomonis, Paulus, 1499

Puis, dès qu'ils eurent terminé de parcourir cette liste, qui ne leur disait à peu près rien sauf à Alex – puisque, grâce à sa passion pour ce domaine si peu rationnel, il était le seul des trois à avoir une certaine connaissance de la magie et de la sorcellerie –, d'un ton volontairement énigmatique, Alex le décrypteur déclara :

— Mais ce n'est pas cela qui est le plus important ! Ce qui compte vraiment, pour nous, c'est la clé du texte. En voici donc une traduction à laquelle j'ai ajouté ce qui manquait... une astuce du codeur sans doute.

Et, hop ! rayonnant cette fois-ci d'orgueil, mais d'un orgueil plutôt justifié, il leur re balança un imprimé sous les yeux.

D.O.M
ICI A PERI
ACCIDENTE (llement)
ONULPHE JO (seph en ???)
DE FURFOOZ
AGÉ DE ?? AN (s)
PRIEZ POUR
LE REPOS
DE SON
ÂME

Le fin mot de l'histoire

Tchu Tao, le serviteur, en train d'écouter tout ce qui se disait dans la cuisine de Bob Lesage dans ses oreillettes, se réjouissait intérieurement.

« Décidément, j'ai bien fait d'acquérir ce nouveau matériel », se disait-il.

Parce que, durant la nuit, grâce à un mini drone ultra silencieux qu'il avait piloté à l'aide de lunettes spéciales, un matériel haut de gamme tout particulièrement performant et résistant qu'il venait justement d'acquérir tout récemment avec ses collaborateurs, il était parvenu sans trop de difficultés à placer un microphone résistant à la chaleur dans l'âtre de la cheminée de la ferme du restaurateur ; un petit oubli de sécurité, ça ! Aussi, hormis les crépitements et les sifflements que font les bûches à l'agonie tandis que la chaleur et l'oxygène les dévorent en y produisant alors, grâce aux radicaux libres, de jolies flammes aux couleurs fascinantes et à la danse joyeuse, aussi, entendait-il à présent tout ce qu'y racontait ou mettait au point comme plan le trio.

« Ah ! les habitudes, se serait probablement plein Alex. Quel piège ! »

Et il aurait eu raison parce que, tout comme certains codeurs de messages, les trois amis avaient eux-mêmes acquis peu à peu, inconsciemment, de telles mauvaises habitudes. Par exemple, depuis des années maintenant, trop naïfs peut-être, ils avaient pris la mauvaise habitude de discuter de leur plan non pas au salon ou dans l'atelier ultra sécurisé, mais toujours devant le grand âtre de la cuisine. C'était un endroit des plus douillets, il est vrai, et des plus agréables pour qui aime contempler les nombreuses beautés que montrent ou font entendre les jeux du feu – ce que tous les trois adoraient depuis l'enfance –, mais une habitude dangereuse puisque cette fascination quasi adulatoire était une « faille de sécurité majeure » finalement. Quoi qu'il en soit, grâce à cette faille de sécurité humaine et bien qu'il se trouvât dans une camionnette garée à un kilomètre de la ferme de Bob, le serviteur ne perdait donc pas une miette de tout ce que les trois amis se racontaient ce matin-là. Ainsi fut-il mis au courant de leur plan en même temps qu'ils l'élaboraient. Puis, dès qu'ils eurent terminé, Tchu coupa l'émetteur et reprit le volant. À présent, il savait exactement ce qu'il avait à faire.

Et, fort satisfait, tandis qu'il démarrait, il félicita mentalement l'un des doigts de sa « main » :

« Décidément, très forte, Tsin Leï ! songea-t-il. Tout cela recoupe parfaitement les renseignements qu'elle a obtenus... si vite. »

Parce que sa collaboratrice, étant en effet une excellente hackeuse, était parvenue, en quelques heures à peine, à obtenir une foule d'informations nouvelles à la fois sur la sorcière, Kimberley Salem, sur son financier et homme de main, Henri Marcel, mais aussi une piste sérieuse quant au fin mot de cette histoire de vol et de trésor. Tout cela en forçant certains ordinateurs outre-Atlantique, mais aussi, et surtout, en pénétrant dans celui de la sorcière Kimberley Salem elle-même, qui y conservait toutes sortes de documents de famille, dont les copies scannées du journal intime de son propre grand-père. Or, selon ce que la hackeuse avait découvert dans ce journal, la famille de cette sorcière ne portait ce nom de Salem que depuis que son arrière-grand-père l'avait fourni aux douanes américaines lorsqu'il avait fui l'Europe en novembre 1863. Car, à cette époque, en effet, il portait un autre nom. Il s'appelait Ernest. Émile Ernest, plus précisément. Citoyen belge de la ville de Bruxelles qui travaillait en tant que secrétaire particulier d'un bourgeois de la ville, Jean-Auguste Van Dievoot, un professeur de droit de l'université de Leuven qui était devenu par la suite un membre éminent du barreau de la Cour de cassation de la capitale du Royaume de Belgique et professeur à l'université libre de Bruxelles. Qui plus est, si cet Émile Ernest s'était exilé aux États-Unis alors en pleine guerre, celle de Sécession, c'était parce qu'il était soupçonné de fraude, de vol et de faux en écriture. Il avait contrefait l'écriture et la signature de son patron afin de faire dérober des livres précieux sans risque que cela se retourna contre lui, espérait-il. Mais un journaliste, Marcellin Jobard, avait découvert la supercherie. Et non seulement il avait découvert la supercherie, mais il était parvenu, de surcroît, à récupérer les dix livres en les interceptant, Dieu sait comment, avant qu'ils ne fussent entre les mains d'Émile Ernest, sorcier lui aussi vraisemblablement, ainsi que son fils, le grand-père de Kimberley donc, le serait à son tour.

« Il y aurait une certaine continuité familiale de folie furieuse dans cette famille-là que cela ne m'étonnerait qu'à moitié », avait pensé le serviteur en lisant ces informations si révélatrices quant à cette famille de sorciers de père en fils et... en fille.

Toutefois, Tchu n'en apprendrait guère plus. En revanche, s'il avait su ce qu'il en était vraiment de cette sinistre famille, en dépit de ce que, en véritable guerrier, ce rônin était maître de lui et de ses émotions surtout, il aurait très certainement été parcouru par un frisson de la tête aux pieds. Parce que, non seulement son hypothèse était exacte – ils étaient bien sorciers et sorcières de père en fils et filles –, mais, en outre, chose affreuse et tout à fait immorale, ils se reproduisaient entre eux ; la mère avec le fils ou les petits-fils, le père avec la fille ou les petites-filles, le frère avec la sœur, etc. Puis ils avaient surtout l'habitude de battre en brèche et de se moquer de tous les tabous de l'humanité, dont les trois principaux qui sont l'inceste donc – leur façon naturelle à eux de se reproduire, en somme –, l'anthropophagie ainsi que le parricide ou le matricide. L'inceste y était une tradition, l'anthropophagie aussi – ils sacrifiaient les enfants handicapés nés de leurs unions malsaines puis en dévoraient les chairs en psalmodiant d'horribles litanies durant des rituels maudits –, quant au matricide, c'était le propre père de Kimberley qui, au décès de son père, l'avait commis le premier en tuant sa mère. Ensuite, dans le même élan de folie subite, il avait souhaité d'appliquer le même traitement à sa fille qui l'avait tout bonnement poignardé et avait finalement été placée en institution pour cela durant une dizaine d'années.

Il y a des familles comme ça… hein !

Par contre, en ce qui concernait l'homme, Henri Marcel, Tsin Leï avait mis la main sur quelque chose de… de dangereux et de… dégueulasse. Via le Dark Net, sous le couvert d'activités tout à fait honnêtes, bien que ridicules aux yeux du plus grand nombre de marchands d'objets magiques, Henri Marcel se permettait de proposer toutes autres choses. Tout plein de trucs qui n'eurent pas du tout l'heur de plaire ni à Tchu ni à aucun membre de son équipe, soit dit en passant ; car, bien qu'ils fussent des assassins, ils n'en respectaient pas moins une certaine morale. Toutefois, ils étaient des professionnels et n'avaient pas à juger leurs clients ni leurs motivations, uniquement à réaliser ce pour quoi ils étaient payés. Et grassement en plus. Cependant, de savoir, à présent, ce qu'ils venaient de découvrir leur indiquait qu'ils avaient tous lieu de triplement se méfier de ces deux oiseaux de proie là. Car Henri Marcel était un salaud de la pire espèce. Une ordure qui, sur le Dark Net, sous le pseudonyme de Satanae_maleo [49], proposait à ses très riches clients – vu le prix qu'il demandait – de leur fournir toutes sortes de préparations magiques à base de sang de vierge, de chairs d'enfants sacrifiés, d'excréments de jeunes filles impubères ou de garçonnets « pas encore violés », d'organes préparés pour divers rituels ainsi que d'acquérir des enfants eux-mêmes, vierges ou pas, bébés ou plus âgés, précisait-il sans plus un seul soupçon d'humanité ni de morale (sic).

En même temps que Tsin Leï, son collaborateur doué pour les décryptages, Fien Pu, était pour sa part parvenu à décrypter le message qu'avait subtilisé son patron – en copiant les données de l'ordinateur – durant sa petite visite nocturne de l'atelier de Bob. Aussi le serviteur savait-il non seulement à quoi s'attendre quant à ce qu'il devait ramener à ses commanditaires – un livre seulement parmi les dix leur importait avant tout –, lui avaient-ils signalé sans préciser ce qu'il devrait faire des neuf autres. Neuf livres précieux qui n'avaient pour lui qu'une valeur financière et pour eux vraisemblablement même pas cela. En outre, il

---

[49] Le marteau de Satan

possédait ainsi une piste sérieuse quant au fin mot de cette histoire, ai-je dit.

« Certainement le journaliste a caché lui-même ou a transmis ces bouquins à quelqu'un avant de mourir, supposait-il judicieusement. Quelqu'un qui les aura dissimulés dans un endroit sûr tandis que l'arrière-grand-père de la sorcière tentait tout ce qu'il pouvait pour intimider Marcellin Jobard, le traquant et ayant envoyé contre lui des sbires chargés de le suivre et de retrouver la trace de ce livre. Ce livre qu'avait exigé de lui la sorcière d'une voix si pleine d'envie qu'il en avait déduit qu'elle y tenait à n'importe quel prix ; ce qui était exact ! »

Mais un doute subsistait quant à cette histoire pourtant. Une zone d'ombre. Pourquoi ce journaliste avait-il caché ou fait cacher ces livres au lieu de les rendre à l'université de Leuven à qui ils appartenaient ? Serait-ce à cause de leur nature… parce qu'ils étaient des livres de magie noire ? Ou à cause de ce livre en particulier peut-être ? Ce livre que souhaitait à tout prix de récupérer la descendante de celui qui l'avait fait dérober pour son compte en laissant néanmoins derrière lui de vilaines rumeurs accusant un autre, à savoir son propre patron Van Dievoot ?

Il n'en saurait jamais rien...

« Beep, beep, beep. »

En entendant ce bip-là retentir, soudain, le serviteur blêmit tout d'abord puis cracha entre ses dents :

— Kuso !

Car ce bip-là provenait d'un téléphone en particulier. Un portable au numéro privé qui était directement relié par satellite à son Q.G., mais que personne d'autre que lui n'était censé employer. C'était son numéro d'urgence et il était par ailleurs censé ne fonctionner que dans un sens seulement. Au bout de quelques secondes, dès que sa surprise fût passée, Tchu Tao jeta un bref coup d'œil sur l'écran du portable : appel anonyme…

« ??? »

Le parc naturel… et tout plein de trous

— Cela ressemble assez à la région dans laquelle tu as acheté ta ruine à Faulx-les-tombes ! s'étonna Alex dès que le trio parvint aux abords du village de Furfooz.

Un vieux village, dont les maisons sont faites d'une jolie pierre bleutée, le calcaire du pays, dit de Hastière, ou en briques rouges, voire les deux, vu que ce matériau de construction devint vite moins cher à installer que le calcaire finalement. Ce qui donne un aspect un peu bigarré à ces anciennes demeures qui en trop vu déjà, malheureusement, pour être encore aussi heureuses et fières que lorsqu'elles y furent érigées jadis. Bob, en garant son véhicule, toujours sa Jaguar, à l'entrée du parc naturel de cette commune d'à peine 150 habitants, approuva son ami.

— C'est tout à fait exact, Alex ! lui dit-il. Il s'agit d'un parc naturel géré par une A.S.B.L., Ardenne et Gaume, depuis plusieurs décennies maintenant.

— C'est le Condroz ici aussi, intervint alors Fanny. Soit une région qui ressemble à des montagnes russes, comme tu peux le constater, avec tout plein de tournants, de monts et de vaux. Une région où les collines se succèdent en laissant ici ou là un peu de place aux champs, aux vaches, aux forêts ainsi qu'aux hommes. Il s'y trouve tout plein de tiges et de chavées, c'est-à-dire des sommets et des creux. Et tout plein de grottes dans lesquelles ont été découverts tout plein de vestiges préhistoriques.

Par contre, puisque c'était l'automne, le parc naturel de Furfooz était fermé. Cette jolie région dans laquelle se dressent encore les plus beaux châteaux de Wallonie, tels celui de Walzin qui surplombe la Lesse du haut d'une haute paroi de roc ou celui de Vèves, plus petit, mais touristique, car entièrement réaménagé, cette jolie région est demeurée fort sauvage et de moins en moins visitée. Ce qui fait qu'elle survit surtout grâce aux périodes de vacances et que, hormis en été, la plupart de ses lieux touristiques étant fermés, il vaut mieux prendre rendez-vous. Aussi, à la place de franchir le portail clos de cette réserve protégée comme des filous, les trois amis firent-ils plutôt, tout simplement, la promenade à l'envers. Parce que, ayant pris leurs renseignements, ils savaient qu'il existe un sentier qui, bien qu'il commence officiellement à ce portail fermé, se termine non loin de là après avoir permis d'accomplir une grande boucle de quatre kilomètres et découvert toutes les merveilleuses choses qui s'y trouvent... parfois dissimulées. Ici, des plantes et, là, des ruines ou des thermes romains reconstruits ainsi que tout plein de grottes ou de cavités qui portent un peu toutes des noms romanesques. Sans oublier deux agréables petites buvettes situées au fil de l'eau ainsi qu'une auberge dans laquelle on mange fort bien et pour pas bien cher. Mais, tout cela, évidemment, durant cette saison aussi désolée que vide de touristes, est à l'arrêt. Et il n'y a quasi pas âme qui vive sur ce sentier à cette époque-là de l'année. Dans cette vallée encaissée et fort ombragée, il fait effectivement un froid de canard à ce moment-là. Et ces derniers sont d'ailleurs bien les seuls à s'égayer dans la rivière dès que les froidures automnales commencent de l'embrasser.

En outre, le temps se gâtait ce jour-là. De fort épais cumulo-nimbus se moquaient des hommes à seulement quelques centaines de mètres de leurs têtes folles, prêts à déverser sur elles, en une fois, toutes les pluies qu'ils avaient contenues jusque-là. Car la sécheresse extraordinaire de l'année qui venait de se terminer depuis un mois seulement, l'année 2022, n'avait duré que jusque fin octobre, certes, mais fort peu de pluies ou d'orages avaient éclatés déjà. En revanche, depuis deux jours, la météo signalait que d'énormes orages se déversaient sur de microrégions de la province du Luxembourg, placée en vigilance orange d'ailleurs, et risquaient de se déplacer vers celle de Namur ; soit les deux provinces que transperce la Lesse et dont lui proviennent tous ses affluents…

Grâce à la clé qu'avait reconstituée Alex, ils étaient parvenus facilement à localiser, précisément, ce qu'il devait chercher, en réalisant alors une découverte dont ils n'étaient au courant ni l'un l'autre, à savoir que la Lesse y devenait de nouveau souterraine. Enfin, pas toute la rivière, seulement une petite partie de celle-ci. Entre les deux buvettes, sur sa rive droite, la Lesse se dédouble en effet et une petite partie s'engouffre sous la colline haute de cent mètres que contourne la visite du parc de Furfooz. Une colline dans laquelle les touristes adorent d'ailleurs descendre, par un petit escalier en métal d'une vingtaine de mètres, en plein dans un gros trou – le trou du grand-duc –, duquel ils peuvent y admirer le paysage, vu qu'il bée immédiatement après l'escalier sur une ouverture naturelle de la falaise qui surplombe la vallée. Une vue magnifique s'offre alors à eux, grâce à laquelle l'on peut distinguer la petite gare de Gendron-Celles, un camping, l'une de deux buvettes et l'auberge, les fournisseurs de canoë-kayak qui attendent – impatiemment – les touristes de la belle saison. Sans oublier qu'il s'agit aussi du point de départ de la seconde des balades proposées en canoë-kayak justement, la courte, 12 km seulement, mais pas la moins agréable puisque deux mini-cascades y font choir dans l'eau tout plein de gens au plus grand plaisir des vacanciers sur les plages qui les jouxtent et s'en amusent.

— Abstraction faite des cigales, cela ressemble pas mal à la Provence ou aux Cévennes, lâcha Fanny tandis qu'ils commençaient d'emprunter le chemin de la balade à rebours.

Ce disant, elle boutonna pourtant sa grosse veste d'hiver et se plaça un bonnet bleu et rouge avec un gros pompon blanc sur le crâne tant il faisait froid. Un bonnet qui aurait sans doute eu l'air un peu ridicule sur n'importe qui d'autre, mais qui, sur elle, lui donnait un petit air de fée mutine ; tout à fait l'air qu'il fallait pour cette balade, donc. Aucun des trois amis n'avait déjà pris son matériel par contre. Ils l'avaient laissé dans le coffre de la voiture qui était de toute façon la seule sur ce parking éloigné de tout et situé dans une espèce de crique. Cela parce qu'ils souhaitaient tout d'abord d'effectuer, c'était la moindre des choses, une reconnaissance du terrain. Ils marchèrent alors une cinquantaine de mètres en direction de la rivière et, sur leur gauche, aperçurent un premier trou, le trou Reuviaux. Mais ce dernier n'ayant aucun intérêt pour eux, ils ne s'y attardèrent pas et descendirent plutôt encore quelques centaines de mètres à peu près jusqu'à atteindre l'un des affluents de la Lesse, le ry des Vaux. Un ruisselet qu'un tout mince filet d'eau, pas plus gros qu'un doigt de Fanny, permettait encore de nommer ry, au bord duquel, à droite cette fois-ci, ils découvrirent l'un des éléments essentiels qu'avait peint Rembrouillet, l'un des points de repère de la cache qu'ils espéraient de trouver au bout de leur chemin donc.

Or, juste devant cet élément essentiel, dès qu'ils atteignirent le petit escalier de pierre qui mène à la passerelle surplombant le ry des Vaux qui permet de le découvrir, à droite, se dressait une pierre tombale. Une ancienne pierre tombale qu'ils prirent plaisir à découvrir puis devant laquelle ils prirent même le temps de se recueillir un petit instant. Car cette pierre tombale était celle d'Onulphe Joseph... Collard, décédé le 20 janvier 1505, à l'âge de 44 ans. Bingo ! Ils se trouvaient nez à nez avec la clé qui avait permis de crypter la liste des dix livres. Pourtant, en fait, cette clé de cryptage, ils l'avaient déjà découverte avant même de la voir « en vrai ». Parce qu'il leur avait effectivement suffi de taper le nom du moribond sur un moteur de recherche pour découvrir cette croix de pierre qui commémore son accidentel décès en ces lieux. Mais, de la voir, là, maintenant, en réalité, les réjouit tout de même énormément. Alex enleva alors ses gants et en profita pour sortir de la poche de son manteau fourré brun, mi-long, une petite flasque remplie à ras bord de son propre trou… normand. Une bonne rasade plus tard, il rugit :

— On va tout de suite explorer ce trou-là ou on continue de repérer le terrain ?

Or, de ce trou-là, le Puits des Vaux, ce trou que l'on atteint après avoir franchi un joli petit pont de bois qui surplombe le ry demeuré à peu près mort depuis l'été, on pouvait normalement distinguer la Lesse souterraine. Toutefois, en conséquence de l'été caniculaire qui venait d'étouffer l'Europe en cette année 2022, et de l'assoiffer qui plus est, celle-ci n'y coulait presque plus depuis le mois d'août. Le sol fait de boue y était devenu tout sec et tout crevassé, purent-ils d'ailleurs remarquer de loin lorsqu'ils atteignirent le haut du Puits, à une vingtaine de mètres environ du trou par lequel on peut parfois apercevoir la rivière.

Cependant n'ayant pris encore aucun matériel de spéléologie ni de plongée en eaux froides, ils préfèrent ne pas même y descendre pour le moment. Aussi, étant donné qu'il s'agissait d'une question rhétorique de la part du Français, au lieu de lui répondre, les deux Belges, talonnés par Alex, reprirent-ils leur marche en direction de la vallée. Bob, que la nervosité commençait de tarauder, pensa prendre une cigarette puis se contint… cela pouvait attendre. Notamment parce que, d'après ce qu'il avait compris au regard du guide du parc de Furfooz qu'il avait trouvé sur Internet, en venant dans ce sens-ci, ils allaient devoir monter pas mal de marches.

Après quelques kilomètres, à leur gauche, ils découvrirent la pancarte qui indiquait qu'ils avaient atteint la grotte de la gatte d'or, mais n'y jetèrent qu'un coup d'œil rapide cependant ; c'est seulement un gros trou dans lequel aucun couloir ou aucune chatière ne conduit nulle part. Ensuite, dès qu'ils eurent franchi la buvette qui étale ses tables et ses sièges de tronc d'arbre le long de la rivière, mais fermée, elle aussi, en automne, ils trouvèrent le petit pont en béton sur lequel s'érode depuis longtemps un vieux tourniquet de métal, c'est-à-dire l'endroit précis où la naïade cède un tout petit bras à Gaïa, la Terre. Un tout petit bras qui, ce jour-là, étant donné que fort peu de pluie était tombée sur le pays, était en outre réduit à l'état de cheveu ou de ru [50]. Un cheveu ou un ru qui n'en pouvait donc plus ressortir ou presque à présent.

« Comme si le soleil et la chaleur avaient fini par constiper la Terre » se marra en silence le Français dont le pays avait néanmoins bien plus souffert encore que la Belgique de ces folles canicules.

— D'une certaine manière, se réjouit Fanny pragmatique, heureusement qu'il en est ainsi et que ce bras d'eau est presque complètement asséché pour le moment. Cela veut dire que l'on ne va pas devoir affronter trop de courant là-dessous. Par contre, je ne voyais pas cette entrée

---

[50] Tout comme un ry, il s'agit d'un tout mince ruisseau ; à peine un filet d'eau.

comme ça. C'est minuscule, en fait ! Comment donc va-t-on faire pour y pénétrer ?

— Je ne crois pas que cela soit possible, convint Bob. Mais je ne pense pas non plus que ce soit ici qu'il nous faille descendre sous la terre. Ce n'est que l'un des points de repère, pas plus. En fait, si tu te souviens, sur l'une des photos que nous avons trouvées, il semblerait qu'une pancarte se trouve juste à côté de notre troisième point de repère... le trou qui fume. Vers lequel je vous propose de nous rendre à présent. Au moins, on va peut-être s'y réchauffer dans ses fumerolles, les encouragea-t-il ensuite dès qu'ils atteignirent le premier escalier qui y conduit.

Car ils devraient gravir tout plein d'escaliers en effet. Des marches et des marches qui les mèneraient tout d'abord au point de repère suivant, le trou des nutons, puis au dernier... le plus important en fait, vu qu'il est le seul à proposer un plan précis des grottes que creuse la Lesse sous cette colline puis la suivante – en se passant en dessous d'elle-même d'ailleurs –, afin de ressortir se rejoindre à quelques kilomètres de là, au lieu-dit « les Aiguilles de Chaleux ».

Vu que le trou des nutons se trouve à quelques centaines de mètres à peine de la rivière, du même côté, ils eurent peu à grimper pour l'atteindre. Mais, dès qu'ils l'atteignirent, étant donné qu'il ne s'agit que d'un autre gros et bête trou profond de deux mètres environ, large de dix et long de cinq ou six seulement, fort haut par contre, de six ou sept mètres, Alex, dépité, s'exclama :

— C'est ça le trou des nutons ! Ben, y devaient pas être folichons tous les jours vos gob... vos lutins !

Il allait sans doute ensuite émettre un juron bien de chez lui lorsque Fanny leva la main droite pour l'empêcher de continuer de faire le coquefredouille [51].

— Et pourtant, si tu savais, lui dit-elle rêveusement. Dans la monographie qu'a découverte Bob à son sujet, j'ai lu que le géologue qui y a effectué des fouilles sous l'impulsion de l'Université de Leuven, un Dinantais de 23 ans, Édouard Dupont, en plus de brillantes observations sur les calcaires, les schistes, les calcschistes, le waultsorien [52] ou le marbre noir qui affleure le long du parc, y a découvert tout plein de fossiles, d'os et d'outils préhistoriques.

Elle avait dit cela en usant d'un ton dans la voix qui laissait percevoir l'admiration qu'elle avait pour ce pionnier. Là-dessus, Alex jeta de nouveau un coup d'œil circulaire à ce gros bête trou, un coup d'œil pas plus admiratif que le précédent, puis, en ronchonnant toujours, il se retourna brusquement afin de continuer de peiner sur cette espèce de sentier de chèvres tout entrecoupé d'escaliers qui conduit au trou qui fume.

— Mwouaih, ce ne serait pas ce gars-là qui aurait caché les bouquins ici ? lança-t-il à la ronde.

— Ça, on n'en saura peut-être jamais rien, fut la réponse de Bob qui s'apprêtait à le suivre. En tout cas, vu sa configuration, ce n'est toujours pas là non plus que l'on va trouver notre entrée. Allez, venez mes petits sacripants, on continue de monter !

---

[51] L'imbécile, le gugusse, l'andouille.
[52] Un faciès récifal particulier à la région de Dinant et de Furfooz sur lequel s'est posé par la suite le marbre noir.

Et c'est ce qu'ils firent en commençant d'aborder la pire partie de ce sentier lorsqu'on le prend, comme eux, à l'envers, à savoir toute une série d'escaliers serrés, pentus, et qui montent qui montent et qui montent. Enfin, parvenus presque au sommet de cette colline en à-pic – dont les parois verticales toutes mangées de maigres végétaux et de mousses ou de lichen paraissent vertigineuses à qui les regarde d'en bas –, sur leur gauche, ils découvrirent une bifurcation. Un autre sentier qui devait les conduire, après un autre escalier qui descend cette fois-ci, mais sur cinq mètres pas plus, jusqu'au trou qui fume ; son vrai nom donc. Car il arrive que la Lesse qui s'écoule juste en dessous émette des vapeurs. Des vapeurs que l'on voit alors, de temps à autre, s'en échapper. Or, et ils s'en rendirent compte immédiatement dès qu'ils parvinrent aux abords de ce puisard, c'est à partir de cet endroit précis qu'ils pourraient véritablement commencer leur périple, leur chasse au trésor. Car c'est à cet unique endroit qu'est exposé le plan des grottes que creuse ce bras souterrain si méconnu de cette si belle rivière wallonne. En revanche, vu que la Lesse n'était plus du tout souterraine en ce moment-là ou presque, le trou ne fumait plus depuis quelques mois déjà...

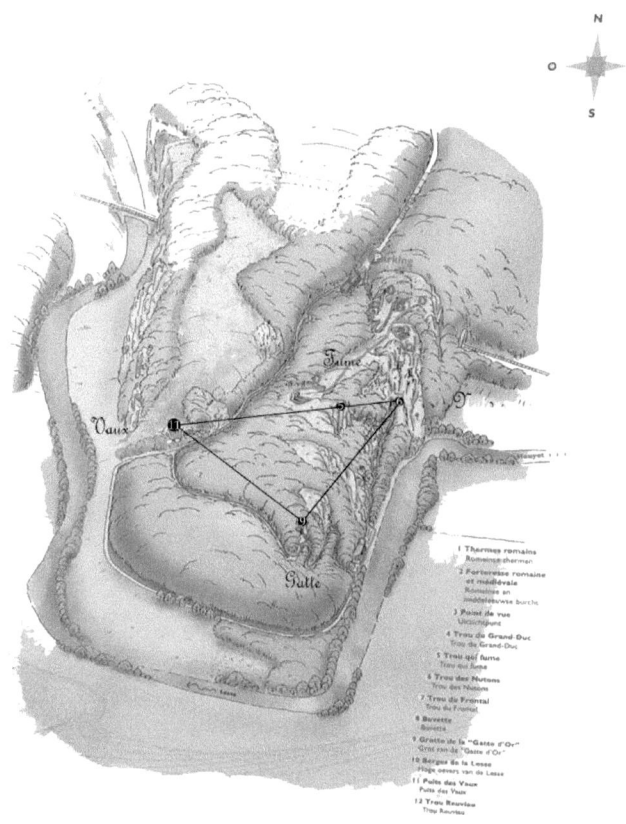

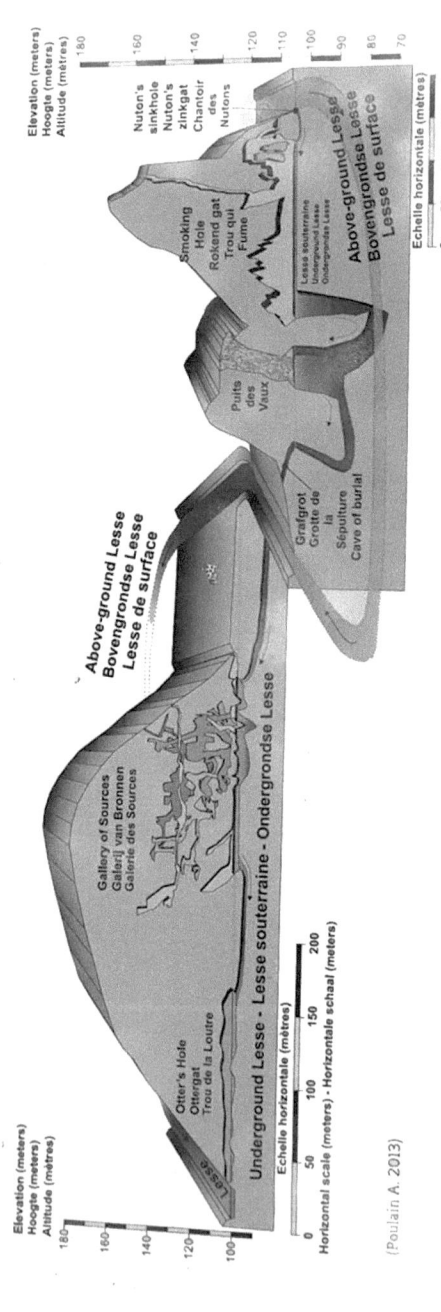

À la queue leu leu

Voilà, tout était prêt maintenant !

Ses hommes l'attendraient, bien cachés, à l'entrée du parc au cas où leurs commanditaires, qui étaient peut-être parvenus à le faire suivre grâce aux technologies ultramodernes si faciles à acquérir pour qui a de l'argent – et ils en avaient – auraient prévu quelque chose contre lui. Une entourloupe de dernière minute…

— Patron, patron, faites gaffe ! Le temps se gâte en province du Luxembourg, entendit geindre le serviteur dans son oreillette. La météo y annonce déjà tout plein de crues et prévient que des eaux furieuses vont déferler aussi sur celle de Namur, dans la vallée de la Lesse notamment.

Djong Du, qui venait de le mettre en garde, avait raison. Le temps virait à l'orage. Un orage qui s'annonçait diluvien. Et la pluie avait d'ailleurs commencé de tomber, drue, épaisse même, semblable à des fils continus, tandis que les trois personnes qu'il surveillait en compagnie de Yin Rao et d'Andrée Kaolin Tchan, étaient redescendues du trou qui fume pour se diriger vers leur voiture afin d'y prendre trois grands sacs de jute dans lesquels se trouvait probablement leur équipement. Et, quoique ces gens lui eussent paru inquiets à cause des trombes d'eau que le ciel déversait, ils n'avaient cependant pas fait marche arrière et étaient plutôt redescendus d'un bon pas jusque l'entrée du Puits des Vaux, soit à l'endroit même où Tchu se tenait caché à présent tandis que Yin s'était dissimulé tout près de la grotte de la gatte d'or et qu'Andrée attendait, pour sa part, à l'orée du parc naturel. Ce fut d'ailleurs cette dernière qui le rejoignit en premier lieu, une heure plus tard environ, le temps de laisser à ceux qu'ils suivaient suffisamment de temps pour pénétrer dans ces grottes souterraines et trouver peut-être ce qu'il devait ramener.

Dès qu'elle l'eut rejoint, elle l'aida à enfiler son costume d'homme-grenouille, qu'il regrettait soudain de ne pas avoir pris plus épais et pour les eaux froides surtout ; un objet introuvable dans les magasins sans l'avoir commandé à l'avance. Yin Rao les rejoignit entre-temps puis, tandis que Tchu s'apprêtait à pénétrer dans le Puits lui aussi, Andrée retourna se cacher pas loin de l'entrée tandis que Yin le faisait derrière un rocher situé à deux pas de l'entrée du Puits des Vaux. Étant donné que ni Tchu Tao ni aucun autre des serviteurs du Tao n'avaient rien de chasseurs de trésors, d'explorateurs ou de spéléologues, ils pensaient qu'il valait mieux laisser agir ce trio dont ils savaient les trois membres fort doués pour de telles affaires puis leur voler ce qu'il était venu chercher tout simplement. Pour autant qu'ils le trouvassent, évidemment. Muni de ses palmes, étant donné qu'il faut marcher à reculons, il fallut donc un certain temps au serviteur pour atteindre le puits lui-même, un gros trou d'eau à ce moment-là, mais d'une profondeur de 40 m tout de même, ce qui n'est pas rien en plongée. Un gouffre que dissimule la grotte aux yeux des curieux.

À un mètre environ du niveau de la surface de l'eau, il remarqua alors que le trio, prudent, avait pris la peine de placer des pitons et des mousquets en y attachant deux fines cordes d'escalade. Deux cordes qui plongeaient dans l'eau du puits, l'une de secours, au cas où la vase qui stagnait au fond se mettrait à rendre impossible d'y voir quoi que ce soit, puis une seconde à laquelle les trois amis avaient attaché, tous les trois ou quatre mètres, un bâton luminescent jaune fluo ; car l'eau de la Lesse n'est jamais claire en effet, à cause des microalgues, des déchets naturels, de la boue et du courant.

« Intelligents ces trois-là, sage précaution ! » pensa le serviteur en accrochant le mousqueton qui pendait à son baudrier à la première de ces deux cordes, celle de sécurité.

Ensuite, il remit ses palmes et se laissa glisser dans les eaux glaciales de ce gouffre d'une quarantaine de mètres de profondeur, mais dont trente suffiraient heureusement pour permettre de remonter dans la grotte elle-même. Cette petite grotte dans laquelle, tous, ils espéraient de découvrir un fabuleux trésor, mais où commençaient aussi, peu à peu, de gonfler les eaux qui la parcourt avant de se jeter dans le gouffre et de poursuivre leur chemin.

— Brrr, kuso ! jura-t-il en commençant de plonger.

Parce que progresser dans de l'eau glacée, une eau à 4 ou 6 degrés Celsius à peu près, puis plonger dans un gouffre sur une trentaine de mètres de profondeur est extrêmement difficile. Normalement, il vaut mieux porter une combinaison tout à fait étanche. En effet, si, dans les mers chaudes, un plongeur peut se contenter d'une combinaison semi-étanche ou humide, soit une combinaison qui laisse passer une partie de l'eau, ce n'est absolument pas le cas dans les eaux froides. Par contre, avec une combinaison étanche, si le plongeur est protégé en partie du froid, ses mouvements sont rendus beaucoup moins aisés à cause de l'épaisseur de la combinaison et sa nage pas facile non plus à cause de l'air qui s'y trouve prisonnier et a tendance à remonter à la surface. Or, Tchu Tao n'avait trouvé en magasin que des combinaisons de plongée semi-étanches. Des combinaisons qui conviennent bien pour les piscines et les mers chaudes, mais pas du tout pour les eaux froides donc. Le problème n'est alors plus lié à l'épaisseur de la matière ou à d'éventuelles bulles d'air, mais au terrible froid surtout qui vous pénètre jusqu'aux os en vous engourdissant en moins de deux ; ce qui nuit aux mouvements notamment, mais pas que, aussi aux réflexes et aux raisonnements et pourrait même finir par avoir raison de la vie de qui la porte. Autant vous le dire tout de suite, Tchu, dès qu'il plongea, se gela les roubignoles au point de les sentir remonter presque dans sa gorge…

Ils se suivaient ainsi… un loup après les autres [53].

Patience et longueur de temps…

Bob regrettait maintenant son imprudence. Une imprudence qui l'avait lancé, et ses compagnons avec lui, dans

---

[53] Sens de l'expression « à la queue leu leu » qui sert de titre.

cette folle entreprise. Une folie qui, bien qu'ils s'y attendaient un peu dès le départ, s'avérait finalement bien plus dangereuse qu'ils l'avaient cru. L'eau ne cessait de monter en effet, constatait-il de plus en plus désespéré. Elle montait inexorablement et eux d'ailleurs, eux qui étaient attachés tous les trois à une grosse stalagmite, commençaient doucement à en avoir jusqu'aux chevilles déjà. Dire qu'il eût probablement suffi d'un mot de sa part, un simple oui, songeait-il en revenant peu à peu à lui. Un simple oui qui eut consisté à accepter la proposition de Fanny de réaliser cette plongée plus tard, après l'hiver, avait-elle suggéré sagement ; cela afin que jamais ils ne s'enfonçassent dans ces cavernes où seul le trépas paraissait les attendre maintenant.

— O manghja merda ! entendit-il clairement jurer juste à côté de lui tandis qu'il regrettait de ne pas lui avoir obéi.

« Ah ! Alex s'est enfin réveillé », se rassura-t-il.

Car son ami français avait reçu un sacré coup sur le crâne et divaguait depuis un bon quart d'heure déjà, sinon plus ; sous la Terre, le temps ne paraît pas le même en fait. Quant à Fanny, la pauvre, elle n'en menait pas plus large qu'eux deux. Après un rude combat qu'elle avait mené d'une main de maître – c'est le cas de le dire étant donné qu'elle possédait ce grade-là justement en Wing Chun – un bloc de pierre s'était détaché de la voûte et lui était directement tombé sur le crâne en l'assommant net alors qu'elle allait avoir le dessus dans cette âpre lutte qu'elle avait menée jusqu'alors fort brillamment contre un Asiatique qui les avait attaqués par surprise. Un homme tout petit, certes, et pas bien épais, mais bien plus vif qu'un crotale et bien plus dangereux ou vicieux qu'un scorpion, s'était-il vite aperçu dès qu'il les avait assaillis. Un Asiatique – sans doute le ninja qu'avait entr'aperçu Bob l'autre nuit –, qui les avait violemment agressés tandis qu'ils venaient à peine de découvrir le coffre étanche qu'avait caché dans cette grotte si difficile d'accès soit le peintre Rembrouillet lui-même soit quelqu'un d'autre qui le lui avait confié ; Jobard lui-même peut-être ? C'était bien son genre…

Bob lui-même commençait tout juste de reprendre connaissance. Car, peu avant que leur assaillant ait assommé brusquement Alex – qui aurait mal au crâne pendant trois jours –, il avait été piqué au cou par un dard enduit d'une drogue si puissante qu'il s'était évanoui tout de suite ou presque, ayant seulement eu le temps de voir les coups pleuvoir entre Fanny et l'Asiatique. Elle aussi gémit alors puis grommela entre ses dents :

— Cordieu… quel diantre [54] !

Mais personne ne rit… ni elle non plus d'ailleurs. Elle, dont tout le corps la ferait souffrir durant trois semaines. Pourtant, les trois amis étaient d'une trop dure trempe pour s'abandonner au découragement sans essayer, de toutes leurs forces, de se tirer de cette situation. Une situation qui, sans être encore complètement désespérée, se révélait toutefois pour le moins tragique… et possiblement mortelle. Puis ce fut elle qui, alors que l'eau montait encore de la largeur d'une main, parvenant presque à la hauteur du

---

[54] Par le cœur de Dieu, quel diable !

couvercle du coffre que Tchu avait laissé ouvert, eut une excellente idée.

— Tâchons de nous hisser plus haut sur cette stalagmite en nous aidant de nos pieds, leur proposa-t-elle. Ensuite, en faisant des mouvements d'avant en arrière et en gigotant de toutes nos forces réunies, peut-être parviendrons-nous à la briser !

Lorsqu'ils avaient atteint la grotte dans laquelle coule un micro bout de Lesse souterraine, Bob, Alex et Fanny avaient tout de suite remarqué que les eaux montaient tout doucement. Ils avaient d'ailleurs pris des renseignements à ce sujet et savaient très bien qu'il y avait un gros risque d'orage et de crue surtout. Ce qui voulait dire que les eaux allaient très probablement envahir de nouveau cette caverne et que la rivière en crue leur rendrait l'accès impossible pour un bon bout de temps. Aussi Fanny, sage cochère de ce bouillant attelage, leur avait-elle proposé de postposer cette descente.

— Après tout, avait-elle signalé, ce coffre ne va pas disparaître du jour au lendemain.

D'autant plus que, la main du Tao étant constituée de véritables professionnels, ayant fait attention tout le long du trajet, ils n'avaient rien vu qui leur eût permis de croire que d'autres personnes étaient sur leurs traces. Mais aucun des deux hommes n'avait envie de remettre une telle expédition. Une telle aventure qui les faisait d'ailleurs frétiller d'impatience autant que d'envie. Ce qui fait qu'ils avaient décidé de faire vite…

— Au moins une première reconnaissance et le balisage des lieux, lui avaient-ils juré solennellement.

Juste avant de plonger l'un après l'autre dans le Puits des Vaux, ils avaient donc préparé leur descente puis assuré leur progression ainsi que leur retour grâce à une échelle de corde tout d'abord puis une première corde bien fixée au mur qui servirait de guide pour le retour ainsi qu'une seconde à laquelle ils avaient attaché des tubes luminescents. Trente mètres après, trente mètres plus bas, sans grandes difficultés, ils étaient ensuite remontés de l'autre côté... jusque dans une caverne. Là, lorsqu'ils étaient arrivés, ils avaient constaté que le lit de la rivière recommençait de se reformer peu à peu, mais plus seulement un doigt après l'autre, plutôt une main après l'autre. Ce qui fait que, afin de faciliter leurs recherches et gagner ainsi du temps, déposant le tout au sol, ils s'étaient alors dépêchés de se débarrasser de leur bouteille de plongée et de leurs palmes. Or, ce sol, ils l'avaient découvert avec une certaine surprise étant donné l'endroit, n'était pas tellement boueux. Par contre, en plus de branches et de feuilles mortes, il était jonché par tout un tas de dégoûtants débris, de la canette de métal au sac plastique en passant par des tampons, des serviettes hygiéniques, des maillots de bain, des culottes et des slips, des bas nylon, des capsules de bouteilles, des tiges de fer, des emballages de bonbon, des pelures de fruits, des animaux crevés, etc. Bref, en plus des débris naturels que charriait déjà la rivière du temps des hommes de Cro-Magnon, cette caverne était à présent jonchée de toutes les saloperies qu'osent abandonner à la nature quelques cochons d'homo – prétendument – sapiens de nos jours. Et, parce que le tableau de Rembrouillet exposait un trou qui, apparemment, ne servait à rien, le trou qui fume, c'est juste en dessous de celui-ci, qui donne dans cette caverne justement, qu'ils avaient cherché en premier lieu, mais vainement, un indice sur l'endroit où se trouverait la cache. Puis, tandis qu'il perdait leur temps à inspecter les murs humides de cette caverne fort peu visitée, puisque si difficile d'accès, où seules quelques rares salamandres et grenouilles s'égarent parfois d'habitude, Alex s'était soudainement écrié :

— Et l'ankh inversé !

Or, en l'entendant leur rappeler ce détail-là, Bob, Bob qui, sur le coup de l'émotion l'avait oublié, s'était alors fustigé lui-même.

— Chiabrena ! Qué despeindeux d'gayolle, je suis parfois [55] ! s'était-il écrié en employant, chose assez rare dans sa bouche, un peu de dialecte wallon. Bien sûr ! C'est cela qu'il faut chercher comme indice, avait-il ensuite approuvé son ami. Or, si vous vous souvenez bien, il était un peu en retrait du trou qui fume, sur la gauche donc. Comment dis-tu déjà dans ta langue fleurie, Alex ? Ah oui ! O, Baullò !

Et, en entendant son ami belge proférer cette insulte corse, Alex avait grondé :

— Parbleu ! Enfin, tu te décides à parler le français… convenablement !

---

[55] Crotte de crotte ! Quel dépendeur d'andouille (quel idiot), je suis !

Ce à quoi le Namurois avait souri, mais rien ajouté, préférant continuer leurs recherches puisque, indéniablement, l'eau montait de plus en plus rapidement à présent. Il leur fallait donc faire au plus vite et au moins découvrir où se trouvait, peut-être encore, la cache où ils comptaient trouver les dix livres volés à Leuven puis dissimulés ici par Dieu savait qui et pour Diable savait quoi ainsi que des renseignements à propos du vol lui-même peut-être… dans le journal intime de Marcellin Jobard ?

Soudain, Fanny, toute rayonnante de joie d'avoir découvert l'ankh, leur avait lancé :

— C'est ici !

Effectivement, dès qu'ils furent à sa hauteur, les deux hommes le découvrirent, gravé sur la paroi. Aussi la félicitèrent-ils tout d'abord d'un regard puis inspectèrent-ils ensuite rapidement tout autour d'eux. Or, en repensant au fait que l'ankh avait été représenté à l'envers sur le tableau – ce qui n'était pas le cas sur la paroi –, ils eurent alors la bonne idée de lever les yeux ; on regarde assez rarement dans ce sens-là lorsque l'on cherche quelque chose ou quelqu'un en effet, selon Baden Powell [56]. Et, là, pas bien haut, quelque chose avait attiré leur regard. Il semblait, effectivement, qu'une partie du mur avait été maçonnée autrefois, mais qu'elle s'était abîmée depuis lors en laissant entrevoir une fissure peut-être pas si naturelle que cela. De surcroît, juste après qu'il eût découvert cette fissure, Bob sortit un mètre ruban qu'il posa sur la paroi humide et

---

[56] Le père du scoutisme.

fit glisser jusqu'au début de la fissure afin d'en vérifier la hauteur.

— 1 m 80, c'est là ! leur avait-il ensuite crié, affolé de joie. C'est là ! J'en suis sûr !

Mais ces deux amis n'avaient pas compris pourquoi il paraissait tellement assuré de ce fait. Alex avait d'ailleurs haussé les épaules en faisant la moue puis, sur-le-champ, lui avait balancé :

— T'emballe pas, coco ! Si ça se trouve, il s'agit seulement d'une fissure naturelle dont nous pensons qu'elle ne l'est pas parce que nous espérons de trouver quelque chose…

— Non, non ! avait soutenu le Namurois avec plus d'assurance encore. Tout se tient. Pensez au titre de la peinture, mes amis !

— Hoc, omne signum est, avait rappelé Fanny.

Bob avait eu un geste affirmatif de la tête et avait répété :

— Oui, c'est cela… Hoc, omne signum est…

— Et ? avaient fait Alex et Fanny en même temps.

— Et ? avait repris Bob… C'est un code, bien sûr !

Mais Alex était demeuré dubitatif.

— Ah bon !?

— Oui, en poésie latine ou grecque, vous vous souvenez peut-être que l'on compte les vers en les décortiquant en pieds et pas uniquement en syllabes comme en français. Or, un pied est aussi une mesure romaine. Une mesure qui valait presque trente centimètres. Donc 6 fois 30 égal…

Effectivement, Bob avait raison. À 1 m 80 du symbole, gravé lui-même à 1 m 50 environ du sol, les attendait certainement le… le trésor de la naïade ! Mais cela faisait tout de même presque 3 m 50 en tout donc. Et ils n'avaient guère le temps de planter des pitons ou de fabriquer une butte avec les crasses ramassées ici et là. Aussi avaient-ils décidé à la place de faire comme on fait depuis l'aube des temps dans ce genre de cas, la courte échelle. Bob s'était hissé sur les puissantes épaules de son ami Alex puis, dès qu'il s'était trouvé à hauteur de la fissure, y avait fait pénétrer le puissant faisceau de sa lampe frontale.

— Je… je vois un truc à… à un mètre, je dirais, leur avait-il presque hurlé ensuite. Du bois… apparemment.

Révélation après laquelle, fébrile, en s'aidant d'un piolet, il s'était alors mis à tapoter tout le long de la faille qu'il avait suivie patiemment tandis qu'Alex ahanait de concert sous l'effort.

— Puterelle de bordau ! avait-il d'ailleurs grondé. Magne-toi le c… ! T'es lourd quand même, tu sais, mon p'tit bonhomme !

— Ça vient, ça vient, mon gros…

Et, en effet, à force de tapoter, Bob avait fait apparaître une fente rebouchée encerclant une sorte de bouchon de pierre. Un bouchon que l'on avait sans doute placé là pour refermer un trou naturel. Un trou qui, jadis, probablement, béait dans la caverne. Mais, comme il lui fallait en venir à bout dès maintenant, il était redescendu des épaules d'Alex, soulagé et s'était adressé à Fanny.

— Fanny, pourrais-tu me remplacer ? lui avait-il demandé. Je vais prendre la place d'Alex, qui va préparer du matos, un marteau et des pitons ainsi que des mousquetons, tandis que toi, tu vas t'arranger pour fixer deux mousquets puis les rejoindre par une corde.

Fanny s'était donc exécutée et avait grimpé sur ses épaules puis, employant les pitons et le marteau que le Français lui avait tendu, les avait placés afin d'y fixer les mousquetons auxquels elle avait arrimé une corde. L'intention de Bob était claire et ses deux amis avaient tout de suite compris qu'il souhaitait de faire simplement sauter ce bouchon en tirant dessus de toutes leurs forces. Ainsi, quelques tractions à peine plus tard et un bruit gigantesque, un bruit qui s'était répercuté en écho tout autour d'eux pendant plusieurs secondes, les avait-il saisis. Cela avait été des plus faciles parce que ce bouchon de pierre, ajouté à la va-vite, ne tenait déjà plus que par un fil en vérité.

« ***Braoummmmm*** » avait fait le lourd bloc de calcaire en tombant dans le lit de la rivière qui remontait toujours main après main et en provoquant tout plein d'éclaboussures.

Le temps pressait de plus en plus. Sans attendre que l'écho fît place au silence – moment que le serviteur qui venait d'atteindre la salle souterraine avait choisi pour se dissimuler derrière une stalagmite à leur insu et pour ramasser une grosse branche de bois dur qu'il emploierait contre Alex dès qu'ils auraient pris la peine de descendre ce qu'il venait de mettre à jour si bruyamment –, sans attendre le silence, dès que le bouchon de pierre avait sauté, Fanny était remontée sur les épaules de Bob.

— Godferdek ! avait-elle alors hurlé. Que le grand Cric me croque ! Y'a un coffre bardé de métal dans ce trou...

Un gros coffre bardé de ferrures qu'ils avaient donc extirpé de là, sans trop de mal, grâce à l'aide d'une poulie fixée au plafond du trou, solide, lui, en le descendant à bout de bras en dépit de son grand poids puis qu'ils l'avaient traîné jusqu'à un endroit de la grotte où l'eau n'avait pas encore repris ses droits, impatients qu'ils étaient tous à présent de l'ouvrir. Mais, tandis qu'ils se réjouissaient de le faire, Bob avait soudain ressenti une douleur au cou, Alex s'était fait proprement assommer puis Fanny avait dû combattre un forcené particulièrement rapide et puissant avant de perdre connaissance sans avoir compris pourquoi…

La stratégie que leur avait proposée Fanny étant la meilleure, en s'aidant de leurs jambes et de leurs pieds demeurés libres, ils s'étaient hissés peu à peu vers le haut de la stalagmite puis s'étaient débattus comme de beaux diables. Tant et si bien que celle-ci n'avait pas tenu cinq minutes contre leurs efforts conjugués. Elle s'était brisée en deux tandis qu'eux s'étaient subitement retrouvés le nez dans l'eau glacée. Ensuite, rapidement, ils s'étaient relevés et s'étaient rendus vers le coffre toujours ouvert avant que l'eau ne l'atteignît. Cela afin d'en extirper au plus vite les livres et les documents qu'y avait abandonnés – volontairement –, mais aussi par obligation pratique leur agresseur. Or, il leur fallait faire vite maintenant, car la rivière commençait vraiment à devenir dangereuse. Un courant de plus en plus fort leur créait par exemple de plus en plus de difficultés à tenir debout et l'anxiété commençait tout doucement de leur enserrer la gorge et les boyaux. Aussi se dépêchèrent-ils de fourrer tout ce fatras dans les trois gros sacs étanches qu'ils avaient pris la peine d'emporter avec eux puis, ayant remis leurs palmes ainsi que leur bouteille de plongée, ils avaient plongé tout de suite dans la Lesse. S'étant mis à suivre la corde de secours balisée de lumières fluorescentes que le serviteur n'avait pas pris la peine de couper, ils atteignirent donc l'autre côté en moins de deux.

Toutefois, un bien laid spectacle les attendait à la sortie du Puits des Vaux. Une vilaine découverte que jamais ils ne comprendraient, qui plus est. Dans le lit de la rivière, cette même rivière qui recommençait d'y couler, deux cadavres gisaient à l'orée de la grotte menant au gouffre. Deux cadavres qui, si on les laissait là, finiraient par être emportés par les eaux sous la terre. Il s'agissait d'un homme et d'une femme, tous deux d'une trentaine d'années et, surtout, visiblement assassinés. L'homme avait été tué d'un coup à la gorge, constata Alex lorsqu'il s'en approcha, et la femme, de deux balles de fusil, une dans le ventre puis une autre dans la tête.

Après les avoir inspectés, l'ancien militaire sortit de son sac à dos son portable, fit plusieurs photos pour la police puis, afin de soustraire ces cadavres aux eaux, les tira sur la berge. Qui étaient-ils ? Pourquoi étaient-ils morts ? Qui les avait tués ? Autant de questions qui demeureraient à peu près toutes sans réponse, hormis leur identité. Car l'enquête de police leur apprendrait effectivement au moins celle-ci, Henri Marcel et Kimberley Salem, soit un citoyen de Bruxelles ainsi qu'une Américaine originaire de la ville de Providence, dans le Massachusetts…

Le maître est de retour !

— Le maître est de retour !

C'est par ces mots emplis d'une admiration sans bornes pour celui dont il parlait, et qui s'approchait à présent d'eux, que Tchu Tao le rônin fit comprendre à ses hommes qu'il redevenait samouraï ; qu'il avait trouvé un nouveau maître à servir donc ! Mais un maître dont le bushido n'était pas le même du tout que celui qu'il avait accepté de suivre autrefois cependant…

Dès qu'il était sorti du Puits des Vaux, sans grande surprise, quoiqu'un peu tout de même, ses commanditaires l'attendaient à la sortie. Cela malgré la pluie qui tombait encore dru et des éclairs qui zébraient les cieux et retentissaient régulièrement maintenant. Curieux, en se débarrassant de ses palmes par précaution, le rônin leur avait demandé :

— Mais que faites-vous donc ici ? Ne savez-vous pas que j'honore toujours mes contrats ?

— Si, bien sûr, l'avait rassuré tout d'abord la femme, Kimberley Salem.

Kimberley Salem, qui ne portait pas sa toge ce jour-là, ni cagoule ni masque non plus – tout comme l'homme qui l'accompagnait, Henri Marcel –, était une jolie brune aux yeux bleus comme l'océan et au corps galbé comme celui d'une statue antique. Mais l'homme, par contre, était un être aussi fruste qu'il était laid. Il avait un visage qui faisait penser à celui d'un chien. Des babines à la place de joues, un regard creux, une bouche molle qui laissait entrevoir toutefois des canines fort longues pour un homme.

— Dès que nous sommes parvenus à décrypter le message que vous nous avez donné sur une clé U.S.B., avait ajouté ce cynocéphale [57], nous avons voulu venir voir de nos propres yeux ce qu'il en était. Mais, par hasard, nous avons découvert que les membres du trio s'étaient déjà engouffrés dans ces grottes avant vous. Aussi avons-nous attendu ici, à l'abri de la pluie battante et de l'orage, au cas où ces personnes eussent eu raison de vous.

Or, cette explication pouvait être vraie, en fait. Car ils se trouvaient, en effet, juste dans le renfoncement par lequel on peut atteindre le gouffre tandis que la pluie formait un rideau d'eau presque compact à présent. Toutefois, s'ils étaient protégés de la pluie, songea soudain Tchu toujours vêtu de sa combinaison de plongée, ils ne l'étaient pas de ses collaborateurs... qui avaient dû les voir descendre et les visaient certainement, ce qui le rassura. Cela pouvait être vrai... pourtant Tchu n'en crut pas un mot et demeura sur ses gardes. Qui sait ce que de tels fous peuvent manigancer ?

---

[57] Un homme à tête de chien.

Puis la belle brune, d'une voix mal assurée, en se penchant vers lui, avait balbutié :

— A… avez-vous… le… le livre ?

Ce à quoi le serviteur, en se débarrassant de sa bouteille et de son masque rapidement afin d'avoir les mouvements plus libres, lui avait seulement répondu du bout des lèvres.

— Oui, j'ai votre bouquin ! Mais il ne faut pas rester ici, avait-il ajouté immédiatement. L'eau monte vite, c'est dangereux.

Or, il leur avait menti. Ce n'était pas l'eau qui le gênait, mais les personnes qu'il venait de voler et à qui il avait laissé la vie sauve. D'une part, parce qu'il n'avait reçu aucun ordre précis à leur sujet, sans avoir été payé pour les éliminer donc, puis, d'autre part, parce que ces trois-là avaient bien mérité son respect finalement ; une chose que n'auraient peut-être pas comprise ces deux commanditaires, ni comprise ni acceptée sans doute.

Et, là, soudain, comme pour faire écho à ses craintes ou ses suspicions à leur égard, les événements s'étaient précipités. Kimberley Salem avait plongé sa main droite dans sa veste et en avait sorti un pistolet ridicule tandis que son acolyte – con comme la lune, mais fort comme trois bœufs au moins – avait tenté d'entraver le serviteur de ses bras aussi musclés que puissants.

« Quelles bandes de Rokudenashi [58] ! » avait pensé Tchu Tao à cet instant. Ce faisant, il avait évité d'un bond

---

[58] Bâtards ou connards.

de chat d'être enserré par le rude gaillard qu'il avait en même temps maîtrisé d'un coup de manchette radicale ; un coup particulier des plus secrets qui lui avait porté à la gorge. Un coup terrible, car il permet de tuer tout de suite son adversaire. Et vlan ! D'un seul coup ce salopard de violeur, de bouffeur de chair humaine probablement et de marchands d'êtres humains était clamsé. La sorcière, quant à elle, qui ne s'attendait pas à cela, avait alors pris peur, mais, avant même de pouvoir faire feu et en dépit de ce que l'on n'y voyait pas à 2 m à cause de la pluie, un premier coup de feu avait retenti et l'avait fait subitement retomber en arrière... blessée au ventre. Yin Rao, caché derrière un arbre, avait souri de toutes ses dents en constatant qu'il avait niqué cette salope. Mais elle n'était pas morte pourtant, ni même déjà agonisante, seulement fort grièvement blessée. Puis, dès que le serviteur s'était approché d'elle, en regardant tout de même vers le haut du gouffre afin de remercier d'un coup d'œil Yin – qu'il ne fit qu'apercevoir –, il était demeuré stupéfait. Il était demeuré stupéfait, car il l'avait subitement aperçu en train de choir sur le sol…

Ensuite, tout de suite après, il l'avait aperçu, lui – lui qui le regardait du haut du Puits de ses yeux de braise, des yeux aux flammes d'ambre –, lui, son futur maître et avait tout de suite lancé un appel via son microphone à Andrée en lui signalant de ne pas tirer sur l'homme qui s'approchait placidement de lui à présent, comme si la pente ou la boue glissante n'avaient pour lui aucune espèce d'importance. Car Andrée, peut-être, était revenue surveiller les lieux et visait déjà cet homme-là. Cette légende vivante. Une légende qu'il pensait morte depuis des décennies, mais vénérait depuis longtemps, sachant aussi à quel point cet être avait été ou était encore à la fois puissant, riche, intelligent, rusé, dangereux et peut-être plus implacable que lui ou que sa « main ».

L'homme qui parvint juste au-dessus du Puits des Vaux était un Asiatique grand de 2 m environ. C'était un Mongol. Un Mongol vêtu comme un de ces damnés pasteurs anglais d'un costume composé d'une veste de couleur sombre et d'une chemise fermée par un col romain.

« Un être formidable ! Un modèle sans égal ! » pensait Tchu Tao depuis qu'il en avait appris l'existence, soit depuis son enfance.

Un génie, de surcroît, qui était parvenu à le contacter via son téléphone privé et ultra-sécurisé quelque temps plus tôt afin de lui proposer un pacte. Tout d'abord, en dépit de cette prouesse, Tchu avait pensé à un piège de la part de quelque service d'état. Ils étaient nombreux, en effet, à être à la recherche « du » serviteur. Mais, là, dès qu'il vit s'approcher cet homme aux yeux d'ambre et au visage aussi froid que du marbre, il comprit tout de suite qu'il était revenu d'entre les morts ou les ombres ; enfin ! Aussi, bien que son nouveau maître soit encore assez loin de lui, mit-il un genou à terre en baissant la tête en signe d'allégeance.

Au même instant, en regardant vers ce Mongol qui s'approchaient d'eux d'un pas tranquille en exhibant un air à la fois serein et rempli d'une extrême férocité, la sorcière à l'agonie balbutia faiblement quelque chose. Juste avant qu'une balle, la seconde, tirée en plein dans sa tête par l'impossible Mongol cette fois-ci, vînt mettre un terme à sa carrière de sorcière et qu'elle rendît son dernier souffle, Kimberley commença de murmurer :

— Nyarl...

Qu'avait-elle voulu dire exactement ? Tchu Tao n'en savait rien et n'en avait que faire. En baissant de nouveau la tête et en tendant le sac qui contenait le livre qu'il était venu chercher tandis qu'approchait le géant au costume noir de clergyman, un géant dont il pouvait apercevoir à présent les yeux d'ambre qui brillaient presque dans son impossible visage, le serviteur avait seulement lâché dans son microphone :

— Le maître est de retour !

Peut-être bien que oui… ?

Deux jours plus tard, le trio se retrouvait dans l'atelier de restauration de Bob Lesage. Ils s'étaient déjà chargés de rendre les si précieux livres qu'ils avaient découverts à Furfooz et se tenaient devant la peinture de Fanny, un peu tous émus et toujours assez mal en point à vrai dire. Bob prit alors en main une copie scannée puis imprimée des dernières pages du journal de Marcellin Jobard – qu'ils avaient découvert dans le coffre lui aussi – et commença de leur en lire, de sa voix la plus claire, le contenu.

— Il s'avère que je me suis trompé lourdement en accusant tout d'abord Jean-Auguste Van Dievoot, s'excusait le journaliste à travers les siècles. Je croyais sincèrement qu'il avait organisé ou parrainé le vol de livres qui eut lieu à Leuven, mais, après avoir mené mon enquête et grâce au témoignage de mon frère Antoine Jacquelet, perclus de remords, j'ai fini par apprendre le fin mot de cette histoire. Mon frère spirite m'a confié en effet, en larmes, qu'il avait cédé à la tentation – il souhaitait d'obtenir une place à l'université de Bruxelles, vu que celle de Leuven allait fermer ses portes –, car il avait, avec l'aide d'un autre de ses collègues, dont il ne révéla jamais l'identité, prêté main-forte à ce vol pour le compte du secrétaire de Van Dievoot, Émile Ernest. Un homme que je ne connais pas cependant, tant cette araignée-là est discrète apparemment. Mais la participation à ce vol en tant qu'intermédiaire – il devait juste porter le produit de ce larcin de Leuven à Bruxelles – pesait lourdement sur la conscience de mon frère depuis lors. Tellement que, en parfait homme d'honneur qu'il était avant cela, il se sentit obligé, en cabinet secret cependant, de me confier toute cette affaire, à moi, son frère dans l'Esprit. Puis il me révéla aussi où se trouvaient les dix livres qu'il détenait encore et n'avait finalement pas voulu apporter à Ernest. Parce que, me confessa-t-il, l'un d'eux est triplement maudit et ne devrait jamais retourner à la bibliothèque de Leuven ni tomber, ce qui serait pire, entre de mauvaises mains telles que celles de cet adepte de Satan ou pis encore. Par contre, jamais il ne voulut prononcer le nom de ce livre-là. Ce qui fait que, dès que j'eus retrouvé le produit de ce larcin auquel il avait participé, je n'eus pas d'autres choix que de les faire tous disparaître puisque je lui avais solennellement juré que je ferais tout pour empêcher cet homme-là de les obtenir.

Évidemment, étant moi-même un partisan du libre savoir ainsi que de la libre pensée, y compris pour protéger de la destruction ce que je juge être d'éventuelles fadaises, je ne parvins pas à me résoudre à les brûler purement et simplement ; l'autodafé ne faisant pas partie de mes convictions. Aussi vais-je profiter de mes connaissances de la région dinantaise, région que j'ai fouillée amplement durant les terribles canicules du début de ce siècle en y découvrant des merveilles telles qu'une seconde rivière souterraine qui s'égaille dans une caverne inconnue de tous. Car j'ai décidé de ne pas rendre ces livres à la bibliothèque de Leuven, préférant de les y cacher à jamais peut-être. Une tâche difficile, certes, qui me coûtera et me prendra beaucoup de temps, mais qui permettra de dissimuler ces œuvres malsaines pendant qui sait combien de temps par contre ? D'autant plus que le lieu où reposeront ces livres maudits sera inaccessible en d'autres temps qu'en période de terrible sécheresse ; ce qui, heureusement, dans notre pays, n'arrive que fort rarement.

— C'est vrai qu'il fait soif… fit Fanny en se servant un verre de bière d'Orval.

Ce que firent tout pareillement ses deux amis afin de trinquer avec elle. Puis Bob continua de lire :

— D'autant plus que, depuis plusieurs mois, je suis persuadé que les sbires de ce fanatique d'Émile Ernest sont à mes trousses. Je confierai donc mon secret à mon ami Jean-Jacques R., un jeune peintre fort sympathique que j'ai rencontré lors d'une réunion de spiritisme afin que la trace ne s'en perde pas puis que, dans un avenir proche peut-être, mes contemporains puissent y avoir accès sans risques, car ils auront compris à quel point sont grandes et nobles les valeurs spirituelles altruistes – qui libèrent les esprits – tandis que, à l'opposé, celles des esclaves de la magie noire sont aussi basses que dégradantes ou avilissantes. Car ce sont généralement des gens aussi fous et malsains que peut l'être cet Émile Ernest ainsi que ses adeptes du culte de ce qu'ils appellent entre eux, ai-je pu apprendre via mon frère Antoine Jacquelet, les Anciens. Mais, si j'ai pu apprendre cela, jamais je ne suis parvenu à en savoir plus à propos de ces Anciens dont il est question. Anciens par rapport à quoi par exemple ? Ou quelles sont les légendes qui narrent leurs pseudo-histoires ? Puis quels sont éventuellement les pouvoirs qu'on leur prétend posséder ? Peut-être ces secrets se trouvent-ils dans l'un des livres, qui sait ? Pour ma part, j'ai préféré de n'en ouvrir aucun et, dès que je jugerai la saison suffisamment sèche et aride pour parvenir à mes fins sans trop de difficultés, je les cacherai au plus tôt. Le gouffre n'est pas toujours rempli en effet et il arrive qu'il soit même complètement asséché de temps à autre, lors des pires canicules ; sinon, j'emploierai une cloche de plongée ou ferai descendre les livres par le trou qui fume. Ainsi, si je parviens à détourner le bras de la rivière, dès le mois de mars, et que le soleil se fait mon allié, peut-être parviendrai-je, dès cette année-ci, à réaliser ce plan…

Bob fit alors une pause, but une nouvelle gorgée de sa bière favorite puis, en rajustant ses lunettes de lecture, leur lut le post-scriptum griffonné en guise de dernières lignes.

— Si un jour quelqu'un retrouvait ce coffre dans lequel je fourre aussi mon propre journal, il y apprendra donc toute l'affaire en détail. Puissent les éventuels descendants de Jean-Auguste Van Dievoot me pardonner d'avoir propagé de telles rumeurs autrefois sous le coup de la colère au sujet de celui-ci, leur confia le Namurois d'un ton où l'on sentait poindre de la commisération pour ce journaliste qui n'avait pas eu de chance finalement. Mais je ne puis cependant trahir le secret de mon frère. Aussi devrais-je me taire à jamais à ce sujet à présent, conclut enfin Bob, soulagé d'avoir terminé.

— Ainsi était-ce bien ce journaliste qui était à l'origine de cette cache. Il n'était quand même pas si con, ce Jobard-là ! s'amusa Alex en jouant sur les mots puisque Jobard signifie aussi con ou crédule jusque la bêtise.

Bob lui donna raison.

— Apparemment, admit-il. Il semble en effet que ce journaliste, devenu spirite à peu près à la même époque, ait prêté foi aux... aux conneries de son époque percluse de peurs et de terreurs moyenâgeuses.

— Ce sont tes potes de la franc-maçonnerie qui vont être contents ! le gourmanda alors le Français.

— Effectivement, convint de nouveau son ami namurois dont le costume blanc était fort inhabituel. Cela blanchit complètement Van Dievoot, reconnut-il. Pourtant, je ne crois pas que... que mes potes, comme tu dis, aient vraiment quelque chose à faire avec cette rumeur vieille de plus de cent ans au sujet de l'un de leurs anciens membres, soit-il l'un des fondateurs de l'U.L.B. et de la bibliothèque de la Cour de cassation. J'imagine plutôt que ce sont les jésuites de Leuven qui sont s'extasient pour le moment. Récupérer neuf incunables qui valent plusieurs millions, ce n'est pas tous les jours que cela arrive. Quant à moi, je regrette un peu la perte de ce joli coffre de bois, se désola-t-il finalement en songeant qu'il aurait eu un très bel effet dans son salon, ce coffre-là.

— Ouais ! grogna Alex en songeant à la tête que feraient ces pères Jésuites lorsqu'ils déballeraient les neuf incunables. Mais ce qu'ils vont récupérer ce sont des livres de magie noire, ne l'oublions pas. Alors, j'suis pas sûr qu'y s'réjouissent à donf…

— À ce propos, intervint l'ancienne brillante doctorante de Leuven qu'était leur amie Fanny, le recteur m'a signalé qu'une jolie prime nous sera offerte pour avoir récupéré ces livres si précieux, le dixième de leur valeur à l'argus tout de même…

Songeur, après avoir mentalement calculé la somme que cela faisait, Alex, tout vêtu de noir ce jour-là pour sa part, ne put s'empêcher de demeurer béat :

— Waouh ! s'exclama-t-il de surprise. Mais ça fait…

— Tout plein de tunes, le coupa Bob aussi béat que lui pourtant.

Ensuite, comme s'il en avait vraiment quelque chose à faire, le Français s'inquiéta :

— Tiens ! Et c'est quoi finalement le bouquin qui a été volé ?

Question à laquelle Fanny, dont la jolie tenue jaune pétante lui avait valu le matin même les méchants sobriquets de gatte d'or ou de joli canari de la part de cet orchidoclaste [59] d'Alex – qui n'en manquait pas une pour plaisanter et rire –, lui répondit :

— Le « mortuorum nomina » de Nigréos. Le « livre des noms morts » donc.

Ce après quoi le Corso-Normand, qui avait sifflé sa bière à la vitesse de l'éclair et s'était déjà resservi autre chose... quelque chose de plus français... en levant ce verre-là justement, mais de sa boisson nationale et patriotique cette fois-ci, le très célèbre pastis – un autre poison que son peuple prétendait être un remède depuis des lustres tandis que les Belges et les gens du nord de la France ainsi que les Allemands puis tous ceux qui en fabriquent, soutiennent, depuis des éons, à tort ou à raison, que c'est le leur, la bière, qui en est un véritable, voire le peket –, ce après quoi Alex, d'un air des plus dubitatif et maussade, en faisant la moue et en haussant les épaules donc, lâcha :

— Inconnu au bataillon ce livre-là ! Autant les autres sont célèbres, autant celui-là ne me dit rien du tout. Sans doute un bouquin sans grande importance que croient essentiel des fous adeptes de chimères...

— Ainsi donc, tout est bien qui finit bien ! conclut alors Bob, lui aussi fort heureux d'être parvenu à résoudre ce mystère.

---

[59] Un casse-coui...

Ce à quoi Fanny, en regardant un peu narquoisement son ami français, son ami français qui, sur le coup, lui fit une révérence, en dépit du fait que rire lorsque l'on a des côtes cassées n'est pas du tout conseillé, ajouta sur le ton de la plaisanterie :

— P'têt ben qu'oui, p'têt ben qu'non !?

Du même auteur

Sur BOD

Roman philosophique
- Jeber-Jésus, *l'animal des crucifix, T. 1*

Série : Mythe de Cthulhu
- N° 1 : Le diable dans la boîte
- N° 2 : Le trésor de la naïade
- N° 3 : Le chemin des dames

Sur Amazon
- N° 4 : Le vampire d'Arkham

Romans philosophiques
- Entre chien et loup, tome 1 *(biographie romancée du philosophe de l'Antiquité « Platon »)*
- La malédiction – *le trépied d'Apollon T. 1*

Livres pour jeux de rôle et jeux « grandeurs natures »
- Victoire
- Voir
- Ultima magicae
- V.I.T.R.I.O.L.

Jeu d'énigmes
- La croix de l'aigle

© Éric Jugnot, 2022 ; éd. revue et corrigée août 2024

Photo couv. Signe des anciens par I.A. Piclumen

Dépôt légal : février 2023

« Édition : BoD – Books on Demand, info@bod.fr. Impression : BoD – Books on Demand, In de Tarpen 42, Norderstedt (Allemagne) »

« Loi n°49-956 du 16 juillet 1949 sur les publications destinées à la jeunesse, modifiée par la loi n°2011-525 du 17 mai 2011 »

Code ISBN : 9782322560189